天帝妖狐

てんていようこ

乙一
Otsu Ichi

王華懋——譯

乙一
Otsu
Ichi
作品集

02
天帝妖狐

contents

總導讀　曲辰

比煙火更燦爛．比永遠更遠

做為一個小說家，乙一，注定成為一則傳奇。

本名安達寬高的他，於十七歲的秀逸之年以〈夏天．煙火．我的屍體〉出道，隨即獲得諸如小野不由美、我孫子武丸、法月綸太郎、栗本薰等名家的一致好評，其作品同樣在許多票選排行榜及文學賞中占有一席之地（註）。

但僅只這樣並不足以成就其傳奇地位，或許我們還是得回到乙一的小說上，才能知道他迅速成為日本新生代小說家中佼佼者的理由。

在其處女作中，講述一個九歲的女孩殺害了童年玩伴，之後與哥哥展開一連串藏匿屍體掩藏罪行的冒險。透過死去小孩的靈魂視角，賦予此篇小說前所未有的新意，更讓小說中的恐怖氣氛不止於書中兄妹倆與其他人的捉迷藏，還蔓延到書中角色與讀者之間的對決中，在成熟富節奏的文句中堆疊出

註：以下為其小說得獎紀錄：

〈夏天．煙火．我的屍體〉（1996）：第六屆「JUMP小說，非小說大獎」。

《GOTH 斷掌事件》（2002）：第三屆「本格推理小說大獎」、「本格推理小說BEST 10 2003」第五名、「這本推理小說了不起！2003」第二名、「週刊文春推理小說BEST 10 2002」第七名。

《槍與巧克力》（2006）：「這本推理小說了不起！2007」第五名。

結局那令人驚愕又滿足的奇特景象。

當大家擔心這篇極為特出的作品不過是曇花一現的同時，乙一之後的小說陸續發表了，更讓小野不由美在《夏天》一書的解說中說出「不是僥倖」。那不是新手在無意識中書寫，偶然迎頭碰上的全壘打。我認為這個作者的心中確實存在著『應當如此』的理想型」這樣的讚美之詞。

之後的乙一很快席捲大眾的目光，不但在恐怖驚悚小說中展現出驚人的才華，巧妙翻攪人類黑暗心靈湧現出的真實幻境，也寫出一篇篇如讚歌般清新節制、凝視希望的青春小說。於是從此之後，就有人用「黑乙一」、「白乙一」來稱呼乙一，以區別其大相逕庭的寫作風格。

不過，將乙一的寫作路線區分為黑白兩面，似乎就會任意的將目光投射向遠方，而忽略他小說中黑白邊界模糊的部分，進而產生對作品的錯誤理解，與其任意採用二分法，不如把注意力放在小說的核心出發點——也就是「人」——之上。

乙一筆下的小說人物，往往都有很明顯的「拒社會性」，不管在青春小說或恐怖小說都一樣，每個主角與世界的關係都好像隔著張半折射的薄膜一般，往往由外往內看不出什麼異狀，角色們卻是看到扭曲、變形、不適合自己生存的世界。在這張狂世界的映襯下，半映上去的自己身影便顯得卑微而不可直視了。

這隔膜與角色之間的斷層，並不是「適應不良」或「情感障礙」就能交代過去的，該說是更為深入內在，從根柢上與世界缺乏溝通能力的痛苦。這種與社會的阻絕性，為乙一的小說找到基本調性，文字並不能說冷漠，卻呈現出一種由玻璃與鋼鐵組成的世界：冷調、壓抑，只是在玻璃中透出來的，究竟是陽光還是更深的黑暗的差別。《暗黑童話》一書的開端就是最佳的例子，作者用一種相當無所謂、不當一回事的口氣在講述整個故事，讓戰慄感跳過文字，直截了當地傳達到讀者心中，更樹立作者本身相當重要的無機風格。

乙一小說中的情感，都是間接傳遞出來，所有的愛戀、悲嗔、怨痛，都彷彿電波沒有對好焦，無法從文字內容中直接讀出來，但我們又能在動作與動作間短暫的空隙中，「感受」到近乎本質的心理狀態，只是無法「觸摸」那些情緒波動。

這種心情的描寫，似乎跟乙一本身的經歷也有關係。高中時期，他在學校是完全不會跟人講話的，像一座移動型孤島，整天從家裡漂到學校、又從學校漂回家裡。難怪他寫得出在《在黑暗中等待》的極佳比喻：「在名為『世界』的這道菜色當中，我是一塊沒能溶化，還殘留固體形態的湯塊。」

說到底，又有誰能在「世界」這道菜中真正溶化？以乙一自己為例，他是久留米工業高等專門學校、豐橋技術科技大學生態工學系畢業，可是他的文字成熟而纖細，毫無理科類組的一板一眼；他大學時參加科幻小說研究社，卻不擅長寫架空小說；他是熱愛電影的動漫畫世代，不過小說中毫無類似的氣息；他喜歡的推理作家是森博嗣與島田莊司，卻塑造出與他們截然不同的想像世界。如果要從外部來定義些什麼，不如說乙一本身就是這樣與外部世界共存卻不相涉的人。

或許正因這種沒有溶化完全的狀態，讓乙一注視世界的眼光與一般人不同。他所寫的情節，都是每個日本人會經歷過的歲月，即使不是日本人的我們，也一定曾感受類似的孤單、恐懼、期待與嚮往。這些人類共通的心情，在乙一的細緻描寫下，成了動人的主樂章。

在寫實的基礎之上，乙一才能展現出屬於他的幻想層面，任想像力盡情奔放，於是我們看得到超現實的狐狗狸逐步進占寫實領域，不存在的東西召喚出不存在的恐懼（〈天帝妖狐〉）；在公園中再普通不過的沙池裡觸碰到不可能出現在那裡的人頭（〈昔日夕陽的公園〉）；明明同在一幢房子，但父母卻深信對方死了，只有「我」見證他們的存在（〈SO-far〉）。即使是幻想，但在寫實層面處理得好，讀者輕易相信作者，也在這種信賴基礎上，作者可輕易翻覆讀者的心情。

在〈平面犬〉中有個極為驚悚的開頭，一時興起去刺青的少女，手腕上的小狗刺青有一天卻詭異地動了起來，驚懼之餘，人犬間卻培養出奇妙的共生感，故事一路奔騰朝不可思議的方向邁進；〈A MASKED BALL—以及廁所的香菸先生的出現與消失—〉則以極為常見的廁所塗鴉起始，製造出推理小說的氣氛，並隨著事件的發生瞬間扭轉為驚悚小說，然而，恐怖與溫馨的情緒卻也同時醞釀著。

這就是乙一，你永遠無法為他歸類，在歸類的當下他隨即變換另一種姿態。他由那名為「人」的內核找到動力，往外爆發出名為小說的煙花，每朵煙花各不相同，在轉瞬間帶給我們無窮的嘆息。

每個時代的文學都有專屬的煙火，而乙一，就是我們這個時代，最盛大的傳奇。

而傳奇，終將繼續下去。

本文作者介紹

曲辰，接觸推理小說以後，就自動分裂爲三位一體的生物，做爲一個讀者要求完整的故事、做爲一個研究者要求更深層的咀嚼、做爲一個未來的創作者要求絕對的文字宇宙。目前雖然努力整合中，但時有齟齬，希望早日尋找到一個平衡點，不使跌躓。

A MASKED BALL

—以及廁所的香菸先生的出現與消失—

1

我第一次抽菸是在六年前，小學五年級的時候。

深夜從補習班回來，發現雙親外出不在，桌上擺著父親的Salem Light。並非從以前就想抽，或者好奇是什麼味道，只是當下沒其他事，我便點著了香菸。

以為一定會嗆到，意外的是，我的身體毫無抵抗地接受。沒什麼特別的感動，只覺得：哦，原來是這樣啊。

那天晚上，我把菸蒂丟進飲料空罐，看過漫畫就睡了。為了讓房裡殘留的菸味散去，我開著窗戶。

我從小就上補習班，學書法或算盤之類的，但一直持續到高中的，只有抽菸而已。

當然，像我這樣的普通高中生，在教室裡抽菸是違反校規的，因此平常我都在廁所的馬桶間抽。而那個廁所的馬桶間，正是一切起始的地點。

說起來，我上高中後做的第一件事，就是尋找更好、更安全的抽菸場所。我想盡可能在沒人會來的廁所裡，悠閒地抽菸。

最後，我認定最佳選擇的抽菸場所，是劍道場後面的男生廁所。位於校園角落，沒什麼人會經過。除了劍道社之外，棒球社、橄欖球社的社辦也在附近，卻從沒看過有人出入。

這裡的廁所是為了運動社團而設置的，但最近剛蓋好的第二體育館的廁所離操場比較近，幾乎所有運動社團成員都跑去那邊。

不曉得是否沒什麼人使用，廁所裡很乾淨。馬桶間只有一間，牆上的磁磚綻放出潔白的光澤。那個時候，馬桶間的牆壁上還沒有半點塗鴉。以學校的廁所來說，這是相當稀奇的情況，像我就讀國中的廁所裡便到處都是塗鴉。

連著幾天，我在那裡的馬桶間抽菸。嗯，感覺滿愜意的，於是決定把這個廁所當成我的窩。

不久後，就在升上二年級的秋天，我熟悉的那個廁所發生一件事。

不可塗鴉

馬桶間牆上的磁磚寫上這樣的塗鴉。

一塊磁磚約是手掌大小，這句話不多不少地收納在上頭，簡直就像一張賀年卡。

內容也很奇怪。警告別人不可塗鴉，但它本身就是塗鴉。

前天舉行全校集會時，校舍的塗鴉問題曾被提出，所以才會有人想到要寫這樣的塗鴉吧。

快考試了，我一手捧著英文單字卡，一手拿著香菸，思考這件事。

隔天早上，換成別人在磁磚上塗鴉。以簽字筆寫在「不可塗鴉」的塗鴉旁邊。

雖然不曉得是誰寫的，不過塗鴉的不就是你自己嗎？

K. E.

和我想的一樣。K. E.這傢伙用塗鴉說出我的心聲。K. E.好像是他的筆名。

在此之前，我以為會來這裡的，只有我一個人。不管什麼時候來都沒人，除了我之外，實在不像有人出入。不過，看樣子似乎有其他使用者。入學至今，我第一次在廁所裡感覺到別人的氣息。

然而，同一天的黃昏，我再次走進廁所一看，又增加兩個塗鴉。

雖然無聊，不過我喜歡這種塗鴉。尤其是整篇異常拙劣的字，不錯。

2C棕髮

我覺得最好不要再繼續增加學校建築物上的塗鴉了。

V3

都是用簽字筆寫上去的。2C棕髮和V3，好奇怪的名字。潔白乾淨的廁所牆壁上，四個塗鴉顯得格外醒目。白色磁磚與黑色文字形成對比。

我帶著數學題庫和香菸，正巧口袋裡裝著簽字筆。

所以，我抱著開玩笑的心情寫下塗鴉。

你們到底是什麼人？

G.U.

G.U.是我的名字的字首字母。這種事我並不討厭。

隔天早上，我拿著罐裝咖啡和香菸走進廁所一看，「不可塗鴉」的塗鴉被擦掉了。取而代之地，出現新的塗鴉。

我　誰都不是

我是任何人　亦非任何人

無所不在

這似乎是對我的塗鴉的回應。

另外，2C棕髮和K.E.的塗鴉也更新了。

像這樣用塗鴉回應不曉得是誰的塗鴉，雖然滿怪的，不過什麼人都無所謂啦。

2C棕髮

「我 誰都不是」？

沒想到我們學校裡會有學生講這種話。能認識你真是光榮呀。

K.E.

2C棕髮的塗鴉是回應我，但K.E.的塗鴉是給「誰都不是」的訊息。

就這樣，我跟字跡拙劣的那傢伙，還有K.E.、2C棕髮和V3湊齊了。總共五個人。

寫在磁磚上的簽字筆塗鴉能用廁紙輕易擦掉，因此可擦掉舊的塗鴉，寫上新的塗鴉。

從此以後，一天或半天內，塗鴉就會更換成新的，我在廁所裡抽菸時不再感到無聊。

雖然知道除了自己以外至少還有四個人出入這間廁所，但我一次也沒撞見疑似他們的人物。

考卷發回來了。又變笨了。

2C棕髮

下次要笨益求笨啊。

G.U.

他們的塗鴉多半是發發牢騷、近況報告或學校的八卦，即使如此還是相當有趣。連彼此的長相和本名都不曉得，卻能夠相互提出意見，這樣的狀況十分有意思。正因不用表明本名，什麼事都可以寫。

數學考試，前川出的問題太奸詐了。

G. U.

前川是數學老師，我們班的課是他負責的。他是個認真的年輕老師，但頂著亂蓬蓬的頭髮，不怎麼受學生歡迎。

真田老師似乎向後藤老師示愛了。這麼說來，真田老師開了一部紅色的新車。好像是外國車吧。

K. E.

那個可惡的女人殺手！

漸漸地，廁所的牆壁成了五個人的留言版。

2C棕髮

我在便利商店看到2年D班的宮下。名不虛傳，超可愛的。她在買果汁耶。

2C棕髮

說到果汁，教室離自動販賣機太遠了。要是每間教室都有一台就好了！

K.E.

那樣的話，空罐又會增加了。每分每秒都有人在亂丟空罐。

V3

那個「誰都不是」發言的次數變得極端地少。

V3同學　說得好

儘管如此，拙劣的字體卻有著壓倒性的存在感。細小而硬梆梆的文字帶來一股異樣的氛圍。

然後，到了二月底，兩週後三年級生即將畢業的星期一。

這個學校　空罐　太多了

牆上留下這段訊息。

我心想：真是個怪胎。

這個學校空罐太多了？

怪胎。

2

隔天。

「上——村——」我的朋友東一邊叫喚著，一邊走近我的座位。

這是發生在午休就快結束的教室裡的事。

「欸，上村！上村！」東擺盪著手腳叫嚷著。

我無視他的存在，開始準備下一節的課，於是他抓住我的頭上下搖晃。

「聽我說啦，現在不是拿什麼數學課本的時候，出大事了！學校的自動販賣機壞掉了！」東的拳頭顫抖著，一副極不甘心的表情。

「那就喝水吧。不過是自動販賣機壞掉，有什麼好吵的。」

「可是，我錢投進去才發現壞掉了啊！弄壞自動販賣機的人太可惡了！」

有個什麼東西觸動了我的心。

「弄壞？不是故障嗎？真的是被誰弄壞的嗎？」

或許是我的話聲激動起來，東瞬間停止吵鬧，一臉不可思議地望著我。

「好像是耶，不是自動販賣機自己壞掉的樣子。今井說，電纜整個被切斷了。」

今井是我們的班長，一個活潑的女孩。因為跟她上同一所國中，我滿常和她說話的。

這個學校　空罐　太多了

那傢伙的塗鴉浮現在我的腦海。即使在腦中也一樣是細小拙劣的字體。

怎麼啦，上村？東問。

「不，沒事。」

我站了起來，走向今井的座位。

你是怎樣了嘛？東的話聲從背後傳來。

今井坐在自己的桌子上。我心想：明明是班長，還這麼沒教養。她把雜誌攤在膝蓋上，和旁邊的女同學談笑。那是星座算命的雜誌。

「今井，妳買到罐裝果汁了嗎？」我出聲問她。

「上村，你聽我說啦！我損失了一百一十圓！」今井說。

不分男女，今井和任何人都能談笑風生。她的朋友很多。

「剛才我跟昌子一起去買果汁，可是自動販賣機壞掉，果汁根本沒出來。我投進去的錢怎麼辦？壞掉的話，至少也該貼張告示。啊——氣死我了！」

我姑且點頭同意，其實心裡在想：不過才一百一十圓而已。

「那麼，不像是自動販賣機自己壞掉的嗎？」

「對，有人把電纜整個切斷了！要不是有人切斷，不可能全校的機器全部變成那樣的嘛！」

我不禁懷疑自己的耳朵所聽見的。

「三台都被弄壞？」

學校裡有三台自動販賣機。

「對。如果抓到犯人，絕對要他好看。鞭打後再把他活埋！」

不知不覺中，東來到我背後，出聲：「為了區區一百一十圓就被埋掉的犯人未免太可憐。話說回來，小昌昌生氣了嗎？沒生氣？也對，小昌昌才不像今井這麼狂暴易怒——」

「囉嗦啦！」

砰！一聲巨響傳來。老師把一疊教材放到講桌上。

「開始上課了。」

是數學老師前川。

前川的課是出了名的無聊。他默默在黑板上抄寫公式，頂著亂蓬蓬的頭髮走來走去。他的課真的只有這樣而已。連半句玩笑話都不說，處理公務似地授課，他就是這麼一個像機器的人。他同時也是二年D班的級任導師。我是A班。

前川的課結束後，我還想問今井一些事，但她已不在教室裡。

沒辦法，我只好前往那間廁所。

那間廁所位在學校的角落，所以得離開校舍走過去才行。

二月底仍相當寒冷。

我穿過兩側種滿樹木的道路，經過並列的運動社團的社辦，奔進那間廁所。

沒人。我鎖上廁所馬桶間的門。

我又在便利商店看到宮下。就快三月了，我討厭冬天，冷死了。

2C棕髮

塗鴉內容裡提到的「宮下」，指的應該是宮下昌子吧。她是今井的朋友，五官非常端正，東第一次看到她的時候還手舞足蹈地嚷著：天使！

給用細字留言的人

昨天你寫「空鑵　太多了」，不過我進這所學校後，一次都沒看過掉在地上的空鑵啊？

K.E.

這兩則訊息是還不知道事件發生的時候寫下的吧。兩人可能是一大清早就來到這裡。要是他們知道販賣機故障，應該會拿來當話題才對。

今天，學校裡的自動販賣機遭人破壞了。自動販賣機是學校設備的一部分，不能任意損壞。我懷疑，犯人是不是昨天塗鴉「空罐　太多了」的你？若是如此，請你自首。

V3

十分激動的文章。V3向來寫得一手好字，字彙也用得很多。而且，他和我的看法相同。破壞自動販賣機的犯人，會不會就是那傢伙？那傢伙……字跡拙劣的那傢伙。

那傢伙沒回應。昨天那傢伙寫下的塗鴉，原封不動留著。

我擦掉自己昨天的塗鴉，從口袋裡取出筆。

我的感覺和V3差不多。不過，也覺得「真敢呢」。

G.U.

牆壁的磁磚好冰，手指不住發抖。

突然間，傳來有人進入廁所的氣息。那個人走近我所在的馬桶間，想要開門。

但門上了鎖，打不開。

隔著一道門，我聽見那個人倒吸一口氣。

我從馬桶間裡敲了敲門。

這是我唯一能夠表達「有人在裡面」的最大努力。

心跳加速。我不曉得你是誰，不過快點離開吧！

那個人慌張離去。

剛才進來的是字跡拙劣的那傢伙嗎？還是V3、K.E.、2C棕髮，或是毫無關係的人？我累了。

廁所的馬桶間很窄，而且很冷。

我從口袋裡取出香菸和打火機，把菸灰彈落在地板上，抽著菸。

一離開廁所，我就跑了起來。我不想被人看到。尤其不想被留下塗鴉的那些人記住我的臉。

進入校舍，前往教室的途中，我碰到後藤。她是個年輕的國文老師。我覺得直呼老師「後藤」而不是「後藤老師」的自己實在挺有問題，不過暫且不管這些，她正蹲在樓梯前方，好像在撿垃圾。

她捏起掉在地上的菸蒂。

發現我在看她，便微笑著把菸蒂放進口袋裡。

後藤愛乾淨的傳聞是真的啊。我這麼想著，打算穿過她的身邊上樓，她卻從背後叫住我。

「同學，你的制服上有菸味。」

回頭一看，後藤柳眉倒豎地瞪著我。

「這件制服是朋友的，是一個叫東的同學的。真是傷腦筋的傢伙。」

留下這串話，我逃走了，只能在內心不斷向東道歉。

很快地，一天的課程結束。

我想在離開學校前，再繞到那間廁所去瞧瞧。途中又經過運動社團的社辦並列的道路，平常這時社團活動應該已開始，但第三學期（註）接近尾聲，幾乎所有社團都停止活動。三年級生也脫離社團的世界，就快畢業了。

如果是夏天，現在是金屬球棒、足球、吆喝聲，及挑戰最佳紀錄者等陸續登場的時刻。

沒看到掉在地上的空罐，或許是清掃業者收拾乾淨了。

馬桶間的門開著，空無一人。進去一看，一如預期，塗鴉換成新的內容。

學校的販賣機不能用，得特地跑到外頭去買果汁。很遠耶，是叫我們喝水嗎？

K.E.

和G.U.一樣，覺得好厲害。

2C棕髮

然後，那傢伙也留下新的塗鴉，令人一陣毛骨悚然。

完畢

自動販賣機壞掉　是理所當然

我比任何人都期望

空罐減少

完畢？

我跟著在廁所牆上寫下新的塗鴉。

註：日本的國小、國中及高中，每學年區分為三個學期，第三個學期約為一至三月。

你很奇怪。這個「奇怪」指的可不是「有趣」。

G.U.

然後，我走出廁所。

為了回家，我騎著腳踏車往校門前進，途中和紅色的外國車擦身而過。是那個叫真田的老師的車。

他的車子來到停車場，占用兩格的停車位。兩格的停車位耶。

我想起廁所的塗鴉曾提到他，覺得不太舒服。

所以離開校門後，我想點根菸來抽，卻辦不到。

打火機不見，好像掉在哪裡了。我很喜歡那個打火機，有些震驚。那不是隨處都買得到的東西，其實是遊戲中心抓娃娃機的獎品。那個打火機是內燃式的，打開蓋子後，就算按下開關也不會冒出火焰，而是打火機上端的一部分金屬的溫度會瞬間升高。由於溫度會升高的地方不太醒目，不知道的人隨便亂摸，就會燙傷。之前東曾燙傷，指尖冒出一顆小水泡。

香菸也只剩下一根。今天似乎抽得比平常更多。

沒辦法，只好藉由回想微分方程式平復心情。我踩著腳踏車，在腦中書寫算式，啪、啪地折疊起來般解開。不知不覺間，腦中的雜念消失，宛如自己變成機械，情緒十分平穩。

途中，我順道繞到便利商店，想買菸和打火機。

我走進店裡，瀏覽著商品時看見宮下昌子。是名字出現在塗鴉裡的那個宮下。我認得她的長相，但沒和她說過話。她應該不認識我。

根據傳聞，她個性非常文靜。

東曾說：她是鋼琴喔。

鋼琴？那是什麼意思？

喏，就是會讓人覺得她在學鋼琴、家世良好的女孩嘛。白色窗簾、一朵花、白血病，那樣的感覺。我聽過她的聲音，輕柔又溫和。真好，讓人陶醉哪——

我回想著東像女孩般的長髮和容貌，一面留意正在買東西的「鋼琴」。

她站在擺文具的架子前，並未注意到我。她身穿厚重的大衣，肌膚白皙，底下的血管彷彿要透出來似的。

她拿起陳列在架子上的商品，不疾不徐地放進口袋。手法乾脆俐落。

她再次把相同的東西放進口袋，是橡皮擦。接著，是紅色原子筆。像吸塵器一樣，把商品一一吸進去。

最後，付帳時她只買一個麵包就離開店裡。

好厲害的傢伙，我率直地感動。

我在店門口出聲叫住宮下。

「適可而止比較好，要是上癮就糟糕了。」

她吃驚地望向我。

「你是誰？」微弱的話聲，她的嘴唇在顫抖。「求求你，不要告訴別人。」

她一副快哭出來的模樣，出乎我的意料之外。由於太過突然，我一時說不出安慰的話。「呃……」我支吾著走近她的身邊，這一瞬間，她揍了我的臉。用拳頭。

「靠過來幹什麼！你這個淫魔！小心我揍死你！」

明明都揍下去了，她才這麼大叫。接著，身為鋼琴、白色窗簾、一朵花和白血病的宮下昌子，頭也不回地跑掉。

直到再也看不見她的身影，我都愣在原地，動彈不得。然後，我折回便利商店，買了敷臉用的貼布。

3

早上，我完全爬不起來，爸媽和鬧鐘都沒阻止我繼續睡得昏天暗地。廚房裡有一張母親留下的紙條。

我去公司

那乏味的字串讓我聯想到廁所裡的塗鴉。

就算趕去學校，也來不及上第一節課，於是我好整以暇地踩著腳踏車。比別人晚一點上學，實在是心曠神怡。即使靠近校門，也不見半個人影。真是悠閒。沒有一大清早的刺骨寒風，只有變得溫潤的和煦陽光。

我先前往那間廁所。

那些留言已更新。

什麼叫「完畢」？很毛耶。
K.E.

K.E.的塗鴉，是給字跡拙劣的那傢伙的回應。

完畢？簡直像秘密特務一樣。這異常狀況讓老師們鬧翻天了。不管這些，真田的車子有夠礙眼。停車不會停好啊！
2C棕髮

2C棕髮對那傢伙沒太大的反應。
然後，是那傢伙的塗鴉。

昨天　在這裡　撿到打火機

我也留下塗鴉。

那是我的打火機，多謝你撿起來。珍惜點用，不要拿來放火啊。

G. U.

離開廁所後，我前往教室。看看時間，第一節課恰恰結束。

途中，我在劍道場前碰到北澤。我們上同一所國中，補習班也是同一家。髮型、身高，甚至連成績都像，不過我和他並不常說話，班級也不同。

「嗨。」

北澤打了聲招呼。他是劍道社的成員，所以才會來劍道場吧。

我和北澤肩並肩走著，並未交談。我不禁想起軍隊行進的情景。

不久後，來到教室前面，他開口了。

「你的臉上有瘀青耶，跟人家打架了嗎？」

「有點小摩擦，對手是個像大猩猩一樣的傢伙。」

瘀青當然是被宮下揍的痕跡。大猩猩，跟東也這麼說明吧。

「話說回來，上村，你拉肚子嗎？」

「為什麼這麼問？」

「你常常經過劍道場前面吧？不是去後面的廁所？」

「哦，最近一直肚子痛。有其他人會去嗎？」

他看看手表。

「啊，不好意思，要上課了。這麼一提，那間廁所……」他離開之前說：「……有不少人出入喔。看起來好像沒人在用，其實滿多人會去。」

午休。

我跟東一起在福利社買了炒麵麵包和奶油巧克力棒、三明治和咖哩麵包。福利社有賣果汁。就算自動販賣機不能用，也不是就喝不到果汁了。只是，福利社賣的果汁一半以上都是鋁箔包，空罐的數量應該明顯減少了吧。

前往教室的途中，這次在走廊上遇到今井。她的旁邊是那個宮下。

我一陣緊張，一早就衰事連連。宮下似乎記得我，雖然不仔細看不會發現，不過她的臉部肌肉僵硬了起來。

「又用買的？每天都吃那種麵包，小心營養不良！」

今井嘮叨著。宮下依然拘謹地站在一旁，真乖巧。她好像出了學校就會變一個人。

「我是炒麵麵包超人！」

東揮舞著裝炒麵麵包的袋子鬼叫。要是靜靜地不說話，其實他是個不錯的男生。一頭長髮，少女般清秀的長相。遠遠一看，就像個女生。

「宮下同學，妳喜歡炒麵麵包嗎？如果喜歡，我可以把上面的炒麵分給妳。」

「今天不用了。」

宮下一邊偷瞄我，拒絕了東的提議。舉止很溫順，看來就是優秀的女孩。真是詐欺，這個世界沒救了。

「怎麼啦，上村？你臉上有瘀青耶。」

今井問。我猶豫著該怎麼回答，東搶先插口：

「上村昨天似乎跟別人打架了。他說對手是一個像大猩猩的傢伙。」

「哦——被大猩猩揍了呀？」

宮下狀似佩服地望著我，皮笑肉不笑。

我回答：「嗯，是頭凶暴的大猩猩。」

她只說了一句：「真倒楣呢。」

陷入泥沼。

放學後。

我不想經過劍道場，繞一大圈前往那間廁所。這是條小徑，兩側種滿樹木，大半的葉子都枯萎掉落。地上留有仔細清掃過落葉的痕跡。

進到廁所前，我點燃香菸。

還是很毛。之前也寫過，竟然毫不猶豫地弄壞自動販賣機，太不正常了！

K.E.

這次也是寫給那傢伙的回應。

想不到你這麼在意呢，K.E.同學。像我，就覺得他
的這種地方很讚。

2C棕髮

2C棕髮冷靜地留言。可是他的名字很怪，塗鴉的內容也怪。他的字頗醜，字彙用得也少。而且我調查過，二年C班沒有染棕髮的學生。

G.U.同學在這裡抽菸嗎？抽菸有害健康，在罹患肺
癌前戒掉吧，拜託你。依據校規，抓到抽菸的學生會無限
期停學。

V3

他可能讀過我今早的塗鴉吧，是給我的訊息。不該把打火機弄丟的。菸

灰經常撒到地板上，真讓人內疚。
V3總是彬彬有禮，他的真面目一定是足以去當學生會長候選人的優秀人物。
這麼說來，V3一直都嚴肅看待塗鴉。但他有太愛鑽牛角尖的一面，那些宛如人生煩惱般的塗鴉，強烈地殘留在我的記憶當中。例如：

我以前非常憧憬假面騎士，尤其喜歡第三號。第三號的名字叫假面騎士V3。這就是我筆名的由來。
我很擅長念書。可是，也只會念書而已。真正的我是個一無是處的人。
V3

最後我成為什麼都不會的人。毫無個性，不曉得自己為何而生。可是，在這裡看著這些塗鴉的時候，我很快樂。實在奇妙，我能坦率地將從來無法告訴任何人的事寫在牆上。

在這個廁所的馬桶間裡，我能恢復成自己。這是能讓人從各種社會壓力中解放的場所。在這裡，我是不會被一概而論、與他人不同的個體。

但在外面，我什麼也不是。

V3

諸如此類，這只不過是一例而已。V3的煩惱，是跨越好幾天的大作。若是他把所有煩惱都寫下來，光是廁所的牆壁一定不夠吧。

他把煩惱寫在牆上的日子，我、K.E.及2C棕髮只回了一句「別想啦——」給他。我從來沒想過，竟然真的會有思緒這麼複雜的高中生存在。我還補充「爽快地玩吧——」。在這樣的年齡思考人生的傢伙，實在太不聰明。

我把香菸丟進馬桶裡。「滋」地一聲，火熄滅了。現在不是想起V3的時候。

那傢伙的塗鴉換成新的。

真田老師的　紅車　妨礙交通
我來排除
讓校園　恢復秩序
這是我　堅定不移的　決心

我也留下塗鴉，起身離開。

隨你便。

G.
U.

4

隔天，低於往年平均氣溫的寒冷早晨。

我「哈——哈——」地吐著白色氣息，騎著腳踏車上學時，看到真田那輛鮮紅色的外國車。他又無視白線，囂張地停車。真是無法無天。

遺憾的是，他似乎尚未被排除。

老師，你的車子被盯上嘍！是不是該忠告真田比較妥當？我想著這些事，一邊往教室走去。就算提出忠告，對方也不會當成一回事吧。若說忠告的根據是塗鴉，只會引來嘲笑，搞不好還會把我視為破壞自動販賣機的嫌犯。而且，基本上真田是個討人厭的老師。

途中，宮下和我不認識的女生走在一起。

她一副很冷的樣子，為了避免滑倒盯著腳邊，走得像隻企鵝一樣。

擦身而過時，我向她打招呼：「早安。」

宮下的朋友問她：誰？昌子的朋友嗎？

不是耶，那是誰？我完全不認識。欸，妳先走吧。

宮下向朋友道別後，一個人走近我身邊。她的朋友彎過轉角走掉了。

「你給我等一下。」她一副找碴般的口氣。「不要裝出跟我很熟的樣子好嗎？我在學校裡可是個文靜孱弱的大小姐耶！有夠衰，沒想到你竟然是我們學校的學生！下次敢再跟我說話，就讓你臉上多個包！」

宮下豎起中指離開。

欸，東，今天或許會發生什麼大事。

第一節課開始前的教室裡，我這麼告訴東。東搓弄著長髮，發現分岔，傷心不已。

「大事？」

「真田老師的車子或許會故障。那輛紅色的外國車，你也知道吧？那輛車子的電纜之類的，或許會被切斷。」

「電纜之類的……你說像自動販賣機故障的時候那樣？」

「搞不好輪胎會被刺進釘子什麼的。總之，那類惡劣的惡作劇就快要發生了。」

東一臉不可思議，歪頭看著我。

「八卦啦，八卦。我從別人那裡聽說的。」

我開始準備上課。

老師緊接著出現在教室裡。

三十分鐘後，明明還在上課，我卻看到北澤經過走廊的身影。

第一節課結束，東揮舞著雙手問我：「喂，剛才你說的，不告訴真田沒關係嗎？」

「要怎麼告訴他？而且，我不想再牽扯進這件事。」

「什麼，不是從別人那裡聽說的八卦嗎？聽你一副相關人士的口氣呢，上村同學。」

接著，東就要離開教室。我知道他想去散播謠言。

「喂，不要把我的名字說出來啊！」

今井和東錯身而過，走進教室。

「上村，我從昌子那裡聽說你的事了！」她走近我的座位，「砰」地一拍桌子。她在生氣。
宮下八成說了我什麼壞話吧。
「上村，前天放學時，你偶然碰到宮下，對不對？」
提到前天，是我在便利商店前面挨揍的日子。我的臉上還留著瘀青。
哦，有碰到啊。偶然，真的是偶然。我這麼回答。
「聽說那個時候你叼著菸開車！」
胡說八道。不只是說的人，聽信的人也莫名奇妙。
「她說的車是腳踏車啦。而且，我怎麼可能會抽菸？」
今井抽動鼻子。
「騙人，你的制服有菸味。」
是我爸在制服的附近抽菸啦——正要這麼說的時候，東回來了。他一副驚慌失措的樣子，幾近怪叫地嚷嚷著「不好啦」跑到我的座位。
「太遲了！」
以東的叫聲為開端，教室裡一陣騷動。不知不覺中，整個學校都吵鬧起來。雖然坐在自己的座位上，但我知道，跑過走廊的人，還有教室外的喧嚷聲遽增。走廊上的那些人好像正要跑出校舍。

「真田的外國車被砸爛了！可能是用金屬球棒之類的東西，玻璃全碎，流線型的車身完全走樣！上村，那不是拿釘子刺輪胎這種程度的惡作劇啊！」東揪住我的衣領搖晃。

「大家都是去看那個嗎？」今井望著走廊呢喃：「我也去看。」

接著，她便離開教室。

「上村，你好厲害！你早就預測到了吧？你真是走在情報最先端的男人耶！」東湊近我，「難不成，上村，是你幹的嗎？」

「才不是。」

整個學校都受到震撼，一大堆學生跑去參觀真田的車子。

「這是足以名留青史的事件。你沒親眼看到那輛車子，所以不怎麼感動，可是真的砸得稀巴爛，還被塗鴉一整片……」

「塗鴉？被塗鴉了嗎？」

「而且是塗滿前後左右、內容超恐怖的，實在不像是不良少年寫的文章。噯，毀壞車子的人八成是痛恨真田的三年級生，也就是所謂的畢業紀念，在畢業前揍一下老師之類的吧？可是，如果是不良少年幹的，不是該留下更像不良少年會寫的塗鴉嗎？這次的卻不像。」

「字很拙嗎？」

東「咦」了一聲。

「猜對了。砸爛的車身上，用小小的字密密麻麻地寫滿塗鴉。好比什麼『交通規則』、『違反』、『處分』、『光明的未來』，淨是這類字句。遠遠望去，簡直和抄經一樣。」

我心想：終於發生了，是那傢伙幹的嗎……

今井一臉蒼白地回來。

「一堆湊熱鬧的，我只能遠遠看著而已。那景象實在太不尋常，尤其是塗鴉。雖然不知道寫了些什麼，可是令人毛骨悚然。」

今井和東面面相覷。

「確實滿詭異的。字跡拙劣又細小，卻更讓人覺得恐怖。完全搞不懂寫的人在想什麼。雖說就快畢業，那些不良分子還真敢。」

「不能靠過去看了嗎？」我問。

「可能不行了吧。老師們拚命平息騷動，歐巴桑在收拾滿地的玻璃碎片。」

我的腦海浮現拿著掃把清理玻璃碎片的歐巴桑。在我們學校，學生是不掃地的，而是交給專門的清掃業者，我也看過那些人。

「真慘，真田老師和掃地的人都一樣。」今井說。

全是那傢伙害的。

午休，事態變得更糟了。

其實我本來想去廁所看塗鴉，但仍決定等學校裡的氣氛稍微冷靜一些再行動。我不想在廁所撞見那些人。留下塗鴉的人不會揣測彼此的真面目，正因有這種共識，塗鴉才能夠持續到今天。

我沒去廁所，改找北澤聊天。

「喂，北澤，你蹺掉第一節的課跑出去了，對不對？有沒有看到是誰砸壞車子？」

真田的車是在第一節課時被砸的。

「車子砸得稀巴爛。那個時候我不是蹺課，而是沒課啦。老師根本沒來，大家都各做各的事。後來我聽說是老師遲到了。」

「老師遲到……是熬夜還是怎樣嗎？到底是哪個老師？」

「前川啊，教數學的。」

我想起前川那機械化又索然無味的授課。

放學後，我前往那間廁所。

我好傷心！

太過分，這次做得太過火了！你的做法絕對有問題！

K.E.

嚇死人，你玩真的啊？字那麼拙的你，是不是壓力太大？書不用念太多，不會留級就好啦！

2C棕髮

難道是真田老師的車子占兩個停車位，你就採取破壞
行動嗎？這是脫離常軌的行為。昨天我很擔心，一直監視
著車子，直到真田老師回去為止，但你沒出現。你是在哪
裡盯著我嗎？

V3

大家似乎都受到相當大的打擊。

話說回來，這個V3，他一直在監視真田的車子啊。真有他的。

可是那傢伙的塗鴉也換成新的，內容出乎我的預料。

完畢

發現　新的　罪狀

還有後續。

我要把　2年D班　宮下昌子　從學校放逐
宮下昌子　犯了　校內抽菸　及　亂丟菸蒂　的罪

另外三人恐怕都還沒讀到這篇文章。要是他們讀過這篇文章才留言，不可能還會繼續聊什麼真田的車。不是說那種事的時候。

那傢伙的塗鴉我幾乎全部擦掉，只剩下『完畢』這句話。宮下在校內給人的印象是文靜孱弱，抽菸曝光會造成她的困擾吧。

我也留下塗鴉，離開馬桶間。

最近衰事連連。

G.
U.

我想到學校外頭。

回望校門附近的職員用停車場。不見紅色外國車的影子，只有一個蓋著藍色塑膠布、疑似汽車殘骸的物體。不過，就算隔著塑膠布，也看得出扭曲的車體。

離開學校後，我前往便利商店。宮下順手牽羊的那家店。雖然不確定她是否會在那裡，但我不曉得她還會在什麼地方出沒。

她在那裡。能夠遇到她，幾乎是偶然。

她握著錄音帶，一副就要放進口袋的樣子。我從背後走近她，拿走錄音帶。

「你要買給我嗎？」

她擺出「你幹麼？」的態度，挑起一邊眉毛瞪我。

我把錄音帶拿到收銀檯付錢，拉住宮下的手離開店裡。「我有話跟妳說。」

「幹麼，莫名其妙！」

「同感。妳被一個變態盯上了。」

走了一會，經過一條河川。她連包裝都沒開，就把剛買來的錄音帶用力一甩，扔進河裡。

「好浪費，那可錄一百二十分鐘耶。難道原子筆和橡皮擦也都丟進這條河裡？」

「是啊。」

浮現在水面的波紋慢慢消失。

「啊——爽快多了。」

她一臉暢快。

「亂丟新東西，總有一天會遭到報應。」

「漢斯和葛蕾特還不是撕下麵包亂丟，最後才得救不是嗎？（註）」

我點燃香菸。

「小心得肺癌死掉。」

「妳不是也抽？」

她露出「你怎麼知道？」的表情看我。

「我今天曾躲在學校裡抽菸，不過是第一次。可是，那種東西你還真抽得下去呢。」

「第一次？然後，像剛才那樣，把菸蒂隨便亂丟嗎？」

註：漢斯和葛蕾特（Hansel und Gretel），德國格林童話〈糖果屋〉中登場的小兄妹。

「嗯，欸……」宮下支支吾吾地回答。

那傢伙偶然目擊到這一幕嗎？

她真是個倒楣鬼。真的。

5

週五。早晨。

我提著書包一走進教室，就聽見毫無霸氣的招呼聲。

「早……」

是今井。今井臉色慘白，坐在椅子上。東還沒來。

「怎麼了？你的臉色頗差。」

「人不舒服啦。上村，你今天早上有沒有碰到昌子？」

「沒有，今天早上沒見到。」

昨天我一次又一次忠告「妳被人盯上了，小心點」才道別，但她的表情看起來並未認真聽進去。

「她哪裡不對勁嗎？」

我突然有種不好的預感，難道那傢伙向宮下做了什麼嗎？

「她……她受到滿大的打擊。喏，昌子不是很文靜，感受性也很強嗎？

所以，她對那樣的塗鴉一點抵抗力也沒有。」

「塗鴉？在哪裡？」

「二樓的女生廁所，就在隔壁。用大大的字寫在牆上。超大的字。」

「難道是用很拙的字寫的？」

今井點頭。

「你還真清楚。寫著『給　2年D班　宮下昌子　日安　小心頭頂』。」

「日安？小心頭頂？」

「嗯，毫無抑揚頓挫的文字。感覺像是拿直挺挺的棒子組合起來，做成細小拙劣的字，讓人不禁起雞皮疙瘩。哇，實在超恐怖的。」

絕對是那傢伙沒錯。

日安？小心頭頂？這到底是什麼意思？的確讓人覺得不舒服。

「那麼，宮下的情況如何？」

「相當消沉。她一臉蒼白，搖搖晃晃地走進D班教室。」

「今天是不是勸她回家比較好？」

繼續待在學校太危險。那傢伙盯上她，不曉得會有什麼舉動。沒錯，無法預測。那傢伙打算把宮下怎麼樣？

「我也跟她說回家比較好。可是她擔心課業會落後，不肯回去。」

「重要的不是那種事吧！那麼，塗鴉呢？還在那裡嗎？」

「掃地的歐巴桑正在清掃。」

東走進教室。

「喂，我剛才在那邊聽到消息，『小昌昌的塗鴉』是怎麼回事？」

這件事傳遍整個學校了嗎？我突然想起宮下的表情。她的性格雖然莫名其妙，此刻卻令人同情。

K.E.、2C棕髮、V3會怎麼看待這個消息？他們會發現是那傢伙幹的嗎？可是，昨天我把那傢伙的訊息中，疑似犯罪預告的部分全擦掉了。或許他們不會發現是那傢伙搞的鬼。

今井告訴東塗鴉的情況，於是他說「我去看一下」，就要離開教室。

「白痴，塗鴉在女生廁所裡耶！」

「人家是要去看小昌昌啦！」

我跟著東走出教室。那傢伙不惜侵入女生廁所塗鴉，實在太不尋常了。

我們從走廊窺望宮下的教室。她是二年D班。

宮下在自己的座位上縮得小小的。失去血色的臉龐，看起來彷彿在沉思。發現我和東在看她，嚇了一跳。之後她放鬆表情，從椅子上站起，似乎想走近我們，老師卻在這時候踏進教室。是D班的級任導師前川。

我和東離開窗邊。可惡啦——東罵道。

上午的課結束，我前往那間廁所。

每到這個時間，校園的氣氛就會變得浮躁。因為是午餐時間，有人去買飯，也有人打開便當。

然而，只有北澤所在的二年F班不一樣。

往裡頭一看，他們正在進行大掃除。桌子搬到後面，學生們掃著、擦拭著地板。在這所學生不必打掃的學校裡，是幾乎無緣見到的景象。

北澤在裡面。他混在數名學生當中，以抹布擦著地板。我出聲叫他。

「你們在幹麼？」

「打掃啊。」

北澤起身走向我。他拿著抹布的手紅通通的。現在正值隆冬，水非常冰。

「都午休了吧？」

「老師叫我們打掃的啦，課就要上完的時候，她說教室很髒。幾年沒用抹布擦地板了。」

「大家都是被老師吩咐才做的嗎？」

全班同學幾乎都在打掃。

「是啊。我是無所謂，反正我喜歡打掃，又是後藤老師的命令。」

是那個愛乾淨的後藤命令的啊。

「上村，你聽說今天早上的事了嗎？」

「女生廁所的塗鴉？」

北澤點頭。

「由於那個玩意，好像又召開緊急教職員會議了耶。昨天才剛為真田老師的車子開過會。連續兩天召開，真是破天荒。今天早上的那個，是對宮下懷恨在心的女生幹的嗎？地點在女生廁所，一定是女生幹的吧。」

後藤走進教室，望向和我站著聊天的北澤。

「那麼，下次再聊……」

北澤說著，要回去打掃的瞬間，赫然停下動作。

他露出輕蔑的眼神。

「你的制服有菸味。」

「哦，是嗎……」

北澤加入打掃教室的眾人當中。北澤對我說的話，之前後藤也說過。她還記得我嗎？

我快步離開，前往那間廁所。

擦掉　別人的　留言　是　違反規則的

應是　宮下昌子　身邊的人　所為

一進入馬桶間，劈頭看到的就是這篇留言，真不舒服。

那傢伙說擦掉留言的應該是宮下昌子身邊的人。看樣子，他似乎還沒發現那個人就是我。

給寫細字的人

你說「留言被擅自擦掉了」，被擦掉的留言究竟是什麼內容？從你現在留下的訊息，無法掌握內容。

還有，你的塗鴉裡提到宮下昌子同學。今早留給宮下同學的塗鴉，是你寫的嗎？

V3

V3注意到那傢伙盯上宮下昌子了。

另一方面，K.E.和2C棕髮都還沒注意到的樣子。與其這麼說，或許他們是在那傢伙重寫留言前來的。

明天星期六，不用上學，好高興。託某人的福，最近學校亂成一片。學期都快結束了說，星座運勢裡也出現凶兆。

K.E.

好冷。這裡好冷，錢包裡也涼颼颼的。實在犯不著把自己冷個半死，也要跑到這種地方來塗鴉哪。我果然是白痴嗎？

2C棕髮

我迷惘著該怎麼做。再把那傢伙的塗鴉擦掉嗎？不，沒有擦掉的必要。

竟然有人擅自擦掉別人的留言，真過分。

儘管完全不曉得你昨天寫了些什麼，不過我理解你的憤怒，細字同學。

G.U.

我這麼寫道，離開廁所。

放學後。

是回家好呢，還是去找宮下？我猶豫著走在校園裡，發現兩個認識的人站在遠處聊天。不曉得這算什麼組合？是東和宮下。

宮下縮著肩膀，一副很冷的樣子。那裡是校舍的陰影處，陽光照射不到。

今天我一次都沒跟她說到話，不曉得她現在是什麼心境。她對塗鴉的事還耿耿於懷嗎？不，她真的受到打擊了嗎？昨天明明一次又一次忠告她，她卻毫不在意。但那是昨天，現在情況又是如何？

我走近兩人。東一臉「不要礙事啦」的表情，向宮下介紹我。

「這傢伙就是我剛才提到的上村同學。上次在走廊上碰到時他和我在一起，記得嗎？他跟我一樣，是今井同學的朋友。」

宮下向我低頭行禮：「你好。」

「今早的事真是難為妳了。」

「我不要緊。」

「今後也要小心喔。今後。」

聽到我這麼說，她的臉僵住。

「喂，上村，『今後也要小心』是什麼意思？說得一副還會出事的口吻。這麼一提，真田的車子那時候也是……」

東說到這裡，一旁突然爆出炸裂聲。與宮下只有一步距離的地面，不知不覺中出現一張桌子。半晌後，我才醒悟到那是從上面掉下來，砸到柏油路上的桌子。

我們吃驚得一時之間發不出聲。桌子落下的巨響在校舍的牆壁上反彈並消失後，我們依然動彈不得。

最先發出尖叫的，是走在離我們不遠處的女學生。

往上一看，校舍三樓的窗戶只開了一扇。是三年級的教室。

我丟下呆若木雞的宮下和東，跑進校舍裡。

三樓的走廊上沒人。

疑似桌子被丟下的教室裡也不見人影，唯獨開著一扇窗戶。

我巡視其他的教室。每間教室都有幾名學生，大家聚集在窗邊，往下張望，好奇發生什麼事。

我不曉得哪一個才是那傢伙。

明明一定是那傢伙丟下桌子。

我也去查看三樓的男生廁所，但空無一人。搞不好那傢伙躲在女生廁所裡，但我實在不好意思進去調查。除非那傢伙是女的，否則應該不會躲在那裡。

回到樓下，東和宮下已離開，現場倒是圍著一堆看熱鬧的人。

於是，我前往那間廁所。

我一邊走著，突然心生憤怒。

桌子就掉在宮下旁邊。只要稍有差錯，宮下或許就會死掉。這不是意外。那傢伙一定是算準才下手，我這麼確信。

小心頭頂？開什麼玩笑。

那傢伙腦袋有病，根本已超過惡作劇的範圍。他簡直把宮下當成自動販賣機或車子般對待，更扯的是動機。一開始是空罐，接下來是停車霸道，然後是亂丟菸蒂。只為了這點理由就亂扔桌子，那傢伙的神經質令人害怕。宮下尤其倒楣，她唯一一次亂丟菸蒂就遭人目擊。換成是我，豈止是桌子，我在那間廁所裡撒下無數菸灰，比宮下更應該受到幾百萬倍的制裁。那個混帳，簡直就是狩獵。宮下從此被人盯上，卻根本無法反擊。而我連那傢伙的臉和名字都不知道，什麼都不能做。

不，真的是這樣嗎？真的什麼都不能做嗎？我稍微想了一下。

另一方面，我也有一種「不要牽扯進去」的心情。不要再跟宮下交談，不然自己會被那傢伙盯上。這樣的想法源自於我狡猾的部分。而這狡猾的部分所說的，和我瞬間直奔校舍三樓的行動完全矛盾。

我進入廁所，確認沒人後，打開馬桶間的門。

我想到一個對付那傢伙的渺小抵抗。

就算被那傢伙盯上也無所謂。既然牽涉到這種地步，得救宮下才行。我閒聊似地寫下訊息。

今天早上的塗鴉提到的宮下昌子，好像很受男生歡迎。朋友說她是天體觀測愛好會的成員。他們晚上會在學校辦活動，似乎是九點在校舍入口集合。不知道宮下昌子會不會來？

G.U.

這全是胡謅的，看起來會不會有點假？不，有必要寫下明確的時間和地點，有點假也沒辦法。

我祈禱那傢伙會看到留言，點燃香菸。雖然不是特別想抽，就是習慣性地點了火。

就在這個時候，我察覺有人走進廁所，慌忙把菸扔進坐式馬桶。我發現忘記鎖上馬桶間的門，但已太遲。

馬桶間的門遭人打開。開門的是教數學的前川。我看過好幾個像這樣抽菸被逮到的學生。

「抽菸嗎？」

前川的口氣跟上課的時候完全一樣，簡直就像計算機。

「不是，是大號。」我若無其事地沖水，菸蒂被坐式馬桶吸入消失。

「我看到煙了。」

「是呼吸，天氣很冷嘛。」

問題是味道。

前川抽動鼻子。

「很臭吧？我才剛上完大號。」

我緊張地戒備，但他什麼也沒說。

前川的鼻孔靜靜流下透明的液體。液體很快到達嘴唇。他的視線沒從我身上移開，眼皮眨也不眨一下，拿出手帕擦鼻涕。

「你可以走了。」

前川似乎是感冒鼻塞。

正要離開，我發現前川後面站著掃地的歐巴桑。那是個白頭髮的老太婆，臉上滿是皺紋，看不出在想什麼。她穿著黑色的橡膠長統靴，戴著藍色的橡膠手套。

好死不死，老太婆竟然看到剛才那一幕。我尷尬地快步離去。

放學回家途中，我順道去便利商店，宮下在裡面。她站在雜誌區，翻著摩托車的雜誌。

我出聲叫她。

「我就在想，妳可能會等我。東呢？」

宮下看到我，突然瞪了一眼。

「在學校分開了。他說要送我，被我拒絕。不管這個，你死去哪裡了？那張桌子是怎麼回事！」

「昨天我不是給過妳忠告嗎？」

「你是指，我被人盯上的事？真的有人要我的命？實在笑死人！」

「就算發生今天那樣的狀況，妳還是這麼想嗎？」

她安靜下來，低聲問：「犯人是誰？你知道是誰吧？」

「我不知道，真的不知道。可是，今晚或許會知道。」

「什麼意思？」

「別管那麼多，跟妳無關。妳只要待在家裡，一步都不要出來就行。聽懂沒？不可以出門，待在房裡看電視吧。」

她一副生氣的樣子。

「什麼叫『不可以出門』，我為什麼要聽你的命令！」

不管三七二十一，我用整家店都聽得見的音量大喊：「不准出門！」

店員嚇一跳，宮下也嚇一跳，露出快哭出來的表情。

「那個家很難待……這裡也是……」

在店員和其他客人的目送下，我們離開店裡，然後道別。

回家後，我打電話到東的家。

6

晚上八點三十分，四周一片漆黑。

看不見月亮，也沒有星星，滿布雲霧。這並非適合進行天體觀測的夜晚，但無所謂。只是，實在冷得要命。

我躲在離校門口稍遠處的黑暗中。由於路燈和民家的燈光照射不到，在建築物之間落下陰影。我窺望學校，只見校舍也靜靜沉沒在黑暗中。

巴士停在學校前面，東穿著我在電話中交代的服裝出現。

我走到路燈形成的光圈中，出聲叫住東。

「混蛋上村，竟然躲在那種地方。我還在想，萬一是你打電話耍我該怎麼辦！不過，你說的是真的嗎？」

東全身厚重地裹著女生的衣物，以一身圍巾加大衣的打扮問我。

「真的能抓到盯上宮下的人嗎？」

我點點頭，仰望看不見星星的夜空。

「如果那傢伙是笨蛋，或許就會上當。」

大概快下雪了，鼻子和耳朵凍得好痛。

「上當？」

「準備一個宮下的替身，讓那傢伙襲擊，趁機逮住他。很單純吧？」

東低頭看著自己的服裝。遠遠望去，他就像個女生。不，此刻穿著女裝的他，就算近看也不能說不像女生。

「我是小昌昌的替身？任務重大呢，應該化個妝再來。」

「這身衣服哪來的？」

「我姊的啦。」

我和東穿過校門。我假造的天體觀測愛好會是在校舍入口處集合，距離約定的九點還有三十分鐘。

終於下雪了。校園裡的路燈照亮飄浮在空中的小雪花。

「那傢伙……」東問我：「上村，那傢伙是誰？你剛才不是說了『那傢伙』嗎？」

「還不知道。不過，或許那傢伙今天不會出現，畢竟下雪了。詳細情形我晚點再告訴你。」

東在校舍入口附近閒晃。我躲在暗處，打算等疑似那傢伙的人物接近東的瞬間，飛撲上去。

身體在發抖，我藏匿的校舍陰暗處特別寒冷。東也一副很冷的樣子，孤伶伶地站著。他待在燈光附近，從遠處應該也看得見他。

三十分鐘後。

一個人影穿過校門而來。我和東很快注意到，不禁一陣緊張。是誰？通常沒什麼人會在這種時間路過這種地方。

人影滑也似地溜過校門內的大道，走近東佇立的地點。很安靜。靜得讓人心中一片寂然。

「請問……」人影出聲，是熟悉的嗓音。「那個……那邊的人，請問一下……」人影向東搭話，是宮下昌子。我立刻跳了出來。

「妳在這裡做什麼！」

宮下「哦」地應聲。

「上村同學，這是……東同學嗎？」

看到穿著女裝的東，她睜圓眼睛。

「啊，這是有理由的。絕對不是興趣，絕對不是。」

東胡亂揮舞著雙手否定。

「東同學怎會在這種地方？」

「等一下再解釋。東，你像剛才那樣繼續。」

時間到了。

我拉著宮下的手，回到校舍陰暗處。雖然掛意著我們，東依然繼續偽裝成宮下。

「不是叫妳不要出門嗎？妳跑來學校做什麼！」

「不要突然拉人家啦。而且你生什麼氣啊，白痴！人家是被電話叫來的。」

「電話？」

黑暗中看不清她的臉。

「嗯，打電話的人說：『到學校來，不來我就公開妳的祕密。』」

「怎樣的聲音？」

「聽不出來，連是男是女都聽不出來。像小孩也像大人，是故意變聲嗎？可是，我一直以為那通電話一定是你打的。」

「咦？」

「除了你以外，還會有誰？順手牽羊和抽菸的事，只有你知道。難不成，今天那張桌子也是你搞的鬼？」

「不是啦，妳誤會了。那傢伙目擊妳亂丟菸蒂。那傢伙指的祕密不是偷竊，是抽菸。」

「還不都一樣？不管是偷竊成抽菸，傳出去我就完了。話說回來，看到我的那傢伙究竟是誰？接到那通電話後，我打去你家。號碼查得我累死了呢，吾郎同學。原來你叫吾郎啊。沒想到，你家的人說：『我家的吾朗去學校觀星，今晚或許會住在朋友家。』」

是我媽。她完全聽信我的胡說八道了。

「觀星？看天空就知道根本不會有星星了嘛。那麼，到底是怎樣？真的是在觀星？穿女裝的話，獵戶星座看起來會比較美嗎？」

「我們要抓犯人啦，用妳的替身當誘餌。」

宮下頓時說不出話。四周很暗，看不見她的表情。我以為她一定是目瞪口呆，她卻低喃一聲「原來如此」，似乎是感到佩服，表示理解。

「所以我才叫妳不要出門。要用替身誘出犯人，本人出現怎麼行？妳立刻回去。對妳而言，這裡是最危險的地方啊！」

我取出一根香菸點火，藉著打火機的光亮看清她的臉。只見她的頭上沾著雪花。

「不要，我想知道犯人是誰。」

「很危險的。」

「你才危險。你有帶武器嗎？犯人肯定會準備武器。連同我在內，三個人一起撲倒犯人比較有利。」

「可是……」

「我不要緊。如果真的遇到危險，我會裝死或假裝暈過去。」

宮下從我手中搶下香菸。她要我把剩下的菸和打火機都拿出來，那些也全被她搶走。盒裡剩下五根菸。

「全部沒收。結果啊，我好像還是討厭這玩意。誰教我爸也在抽。」

就在這個時候，冷不防地，一道手電筒光線從背後照了過來。回頭一看，是教數學的前川。以往他的表情老是一成不變，此刻卻一臉驚訝。

宮下慌忙藏起香菸和打火機。連揉掉我剛點燃的那根香菸的時間都沒有。

「宮下同學，妳在這種地方啊。」前川開口。「妳在這裡做什麼？都九點了。我剛剛跟令堂通過電話，她很擔心妳。」

「騙人。」宮下斬釘截鐵地反駁：「騙人，她才不可能擔心我。」

我和宮下走到路燈照亮的地方。

前川放下手電筒。

「你是……？」前川看著我，問道。

「我是天體觀測愛好會的成員，在這裡等朋友。」

東注意到我們，走了過來。

「他也是朋友，雖然打扮有點怪。」

東微笑著行禮。

「不好意思，我想和宮下單獨談談。是關於她家的事。」

前川這麼說。我思索片刻，跟老師在一起，那傢伙不太可能下手，於是聽從前川的話。

「知道了，我和他去那邊。」

「天體觀測是在這裡進行嗎？」

「不是，我們打算到校舍的屋頂。」

即興演出。雪停了，前川是否注意到今天根本看不見星星？

「屋頂上了鎖，你們去值班室借鑰匙吧。今天值班的應該是後藤老師。」

宮下背著雙手，不讓前川看見。她的手裡藏著香菸。

我和東前往值班室。校舍的入口處上了鎖，所以我們繞到後門去。後門很遠，得走上好一段距離。我一邊走，一邊向東解釋天體觀測的謊言，叮嚀他要配合我。

後門沒上鎖。我們開門進入校舍，裡面十分安靜。和外面不同，沒一絲風，連空氣都停止流動。我尋找開關，點亮後門的日光燈。

「我上一下廁所，上村去跟後藤老師借鑰匙吧。」

「不要跑到女生廁所喔！」我叮囑東，一個人前往值班室。

值班室裡沒人，愛乾淨的女老師似乎到別處去了。但室內十分暖和，這一點引起我的注意。是暖氣，似乎直到剛才都還有人在。

我擅自借用屋頂的鑰匙，跟東會合，從後門走出校舍。我們回到宮下和前川原本待著的地方，但那裡空無一人。四處張望，只見燈光底下，滴落兩、三滴新鮮的血跡。

「這血是怎麼回事？」東大喊。

我無法相信自己的眼睛。是血，這個地方有人流過血。誰的血？他們在哪裡？

「喂，他們不要緊吧？回答我啊！」東吼道。

「我不知道，真是不敢相信。總之，快去找他們吧。你找找附近……預防萬一，我去叫救護車。」

「救護車……」東呢喃。

「上村，順便報警吧。」

東這麼說完，便跑去找他們。我為了打電話而前往校舍。最近的公共電話在校舍一進去的地方。我穿過校舍入口，打開電燈。日光燈的「守備範圍」只到入口周圍，走廊上一片黑暗。

我拿起公共電話的話筒，突然感到不對勁。我是穿過校舍入口進來的，但剛才要去值班室的時候，入口不是鎖著嗎？不曉得，全是些搞不懂的事。話筒沒有聲音，得投十圓硬幣或插進電話卡才行。不對，叫救護車或報警不需要那些東西。話筒在抖。不對，是我拿著話筒的手在抖。

我的眼睛，視野的角落，捕捉到在充滿黑暗的地方發光的某個物體。是紅點，我扔下話筒。鴉雀無聲，而且寒冷。太過安靜，連不應該聽得見的耳底低音都聽見了。

發光的紅點是菸頭。那是掉在地上，點著的香菸。是宮下的。宮下從我手中搶走的香菸。

我沒打開電燈，在黑暗中走近香菸。接著，我在不遠處又發現另一點紅色的香菸火光。再清楚不過的紅點。紅點持續不斷。

就像是麵包屑，漢斯和葛蕾特。順著香菸的火光走去，宮下會在那裡，我這麼確信。宮下可能是佯裝昏倒，偷偷點燃香菸丟棄。這是為了告知自己的下落。我在黑暗中順著香菸的火光前進。

第二根、第三根，後面還有。第四根掉在樓梯上。我爬上樓梯。

我一邊上樓一邊想，那些血是宮下的嗎？前川也被那傢伙幹掉了嗎？一切都是那傢伙幹的嗎？

由於一片漆黑，我慎重地一步步上樓。水泥製的扶手冷得和冰一樣。夜晚的學校裡，唯有我的腳步聲迴響。全世界彷彿只剩下我，沒其他生物。

那傢伙把宮下和前川搬到哪裡？我想像著宮下被扛在肩膀上搬運的畫面。宮下假裝昏倒，點燃香菸，一根、又一根地把香菸丟下。

那傢伙沒發現嗎？還是，偷竊慣犯的手法太高明？那傢伙沒注意到菸味嗎？

第五根香菸的光點，掉落在二樓走廊前面。加上我之前點著的那根香菸，總共有六根，所以還剩下一根。

最後一根掉在二樓女生廁所前面。是之前寫有給宮下的塗鴉的廁所。我撿起掉在地上的香菸。因為很髒，我沒含進嘴裡。

我在黑暗中尋找電燈開關，只聽得見自己的呼吸聲。開關遲遲找不到，我一陣心慌。

總算摸到開關，我打開電燈，唯一的日光燈管照亮女生廁所。那是微弱的、隨時都會熄滅的蒼白燈光。不規則地反覆明滅，像在風中搖擺的燭火。影子彷彿在顫抖，但女生廁所裡沒人，窗戶倒映出黑暗。

女生廁所有五個馬桶間，最裡面和倒數第二個馬桶間關著。

我直覺認為馬桶間有人，不會錯。是那傢伙嗎？還是宮下，或前川……

我緩緩前進，戰戰兢兢地敲最裡面那個馬桶間的門。

「有人在裡面嗎……」

沒人應答，也感覺不到有人潛藏在裡面。我握住門把，沒上鎖。我慢慢打開，突然有人倒了過來。

抱住對方時，我剛才在廁所前面撿到的第六根香菸滑落指間。倒過來的是宮下，她昏厥了。我搖晃她的肩膀。

「嗚嗯……」她皺起眉，微微睜開雙眼，伸手按著後腦勺，望向我。

「宮下，要不要緊？頭被擊中了嗎？」

「上村？」

她自力站起後，我注意到倒數第二間個馬桶間，總覺得那傢伙就在裡面。

我猛然打開那個馬桶間的門。

只見值班的後藤昏倒在地。她額頭上有流血的痕跡，似乎曾挨打。宮下發出微弱的尖叫。

「上、上、上村，是後藤老師。不好了，得趕快治療才行。」

「前川去哪裡了？不是跟妳在一起嗎？」

「不知道。」宮下說著，走向水龍頭，撿起掉在附近的橡膠手套裝水。那是掃地的歐巴桑用的藍色橡膠手套。

「妳要做什麼？」

「用這個替後藤老師的額頭冰敷。」

宮下把裝了冷水的手套按在後藤紅腫的額頭上。

「妳真的沒看見任何人嗎？」

「不知道，頭突然被擊中，我記得不太清楚。是被很硬的東西打的。」

「犯人的長相呢？」

「不曉得，我沒看到。醒來的時候，你就在搖我的肩膀了。」

醒來的時候？

「那些香菸呢？」

宮下一臉不可思議地望著我。香菸？什麼東西？她一臉想這麼問的表情。這樣就不對了，引領我到這裡的六根香菸，是誰……

後藤短促尖叫著醒來。她直喊好冷，宮下拿來裝水的手套好像開了一個小洞，水一點一滴地漏出來。宮下發出叫聲。

「老師！」

後藤恐慌好一陣子。她環顧四周，看看自己濕掉的衣服，發現我在女生廁所裡便哭了起來。宮下在馬桶間裡抱緊她，讓她平靜下來。

後藤的額頭上有血的痕跡。宮下……好像沒流血。那樣的話，滴落在校舍入口處的血是誰的？宮下沒流血，剩下的只有前川或那傢伙……

在宮下的安撫之下，後藤恢復平靜。接著，後藤嚷嚷起掛在腰際的鑰匙不見了。從她的話可聽出，她似乎是在巡邏途中被打昏。事出突然，她沒看見犯人的臉，掛在腰際的巡邏用鑰匙也在不知不覺中遺失。

後藤忍不住啜泣。宮下挨近她，呢喃著：「真是太衰了。」

香菸呢？我再次詢問。那是誰放的？不是宮下放的嗎？還是後藤老師放的？

「上村，你從剛才就一直在說什麼啊？香菸指的是什麼？我在這裡扔掉的菸嗎？」

宮下望向地板。只見地板上掉著香菸。是剛才在女生廁所前發光的第六根菸，菸頭還在燃燒。

「在這裡？妳昨天在這裡抽菸嗎？」

「我在這裡抽，覺得不喜歡，就丟進那邊的水桶。」

好奇怪。這樣的話，那傢伙是在哪裡看到的？女生廁所的塗鴉也是……

「那個時候附近沒人嗎？」

「不知道，我沒注意。可是，後來我再也沒點過菸。」

一次都沒有？

難以置信。如果不是宮下放的，那些香菸的意義就完全不同。是那傢伙。是那傢伙放的，只能這麼想。

一切都在我的腦中連接起來。那傢伙的目的。圈套。罪狀。香菸。打火機。連那傢伙的真面目，我也在這一刻領悟。

「妳們兩個，最好立刻離開這裡。」

「當然啦。」

「這是圈套。為了逮到那傢伙而設下圈套的我們，反倒陷入那傢伙的圈套。今晚被盯上的不是妳，宮下。被盯上的是我。」

馬桶間裡的宮下和後藤停止動作，一臉不可思議地望著我。

「要被抓住的人，是我。」

沒錯

聲音從女生廁所的入口傳來。這一瞬間，空間凍結。沉重冰冷的空氣彷彿化為白色霧氣，在腳下飄盪爬行。連流過背脊的汗水也幾乎在途中凍結。

我慢慢回頭。有人站在女生廁所的門口，穿著劍道的防具，提著木刀。是那傢伙。那傢伙就在我的面前。那傢伙戴著劍道的面具，看不見底下的臉。黑暗擁有了形體，人類的影子無視自然的法則站起。我的靈魂產生這樣的印象。

我好想見你　G. U.同學

沒有抑揚頓挫的聲音。均質地，像電子音一樣。

唯一的日光燈管反覆著蒼白的明滅，那傢伙的形姿在明暗閃爍中，烙印在我的視網膜上。好冷，影子幽幽顫抖著。

宮下問我：「那是誰？」

「是那傢伙……」

我的嘴無法自由張開，空氣中帶有黏性。

「要找的是我……對吧？」

那傢伙慢慢點頭。

「為什麼上村會被盯上？」宮下問。

「香菸。我亂撒菸灰……撒了比妳多無數倍的量啊，宮下。」

我撿到打火機　G. U.同學　那是你的東西吧

那傢伙說。我全身爬滿雞皮疙瘩。那傢伙的聲音從面具深處傳出，詭異至極。

「是我……我是G.U.。真虧你能察覺呢，今晚我想誘出你的圈套……」

我知道　G.U.同學　我馬上發現你在包庇宮下同學　所以　我反過來誘出你……

我好想見你　G.U.同學　我一直在想　你是怎樣的人

那傢伙舉起木刀，空氣彷彿膨脹了。那傢伙的身影，像是只有那裡的空間被切割下來似地漆黑一片。唯獨那一部分存在於不同的時空軸上。

「想殺我嗎？你果然哪裡不對勁……」

宮下叫我快逃，但能逃到哪裡？

那傢伙朝著我揮下木刀。那傢伙的面具裡漆黑得看不見任何東西，我立刻護住自己的頭，手臂傳來一陣劇痛，腦中的意識染成一片赤紅。

那傢伙看起來不像在笑。即使藏在面具底下，恐怕依然毫無表情。一片平滑，沒有臉。誰都不是。

那傢伙再次砍下的木刀命中我的側頭部。我覺得耳朵被削掉，臼齒或許也折斷了。

我撲倒在廁所的地板上。

「住手！」

宮下大叫。不知何時，她站到我旁邊。危險，她在木刀攻擊的範圍內。我想警告她，卻發不出聲。一張開嘴，血就大片大片傾瀉到地板上。「叩」一聲，牙齒掉了出來。意識漸漸朦朧，就像這裡的日光燈，腦袋裡明明滅滅。

在一亮一暗的反覆當中，那傢伙揮落木刀。那是慢得異常的動作。不，看起來慢吞吞的，正是我的意識發出悲鳴的證據。

那傢伙轉向宮下。他打算砍死宮下。

在幾乎斷絕的意識當中，我看見掉在地上的香菸還燃燒著。不曉得為何會這麼做，但我撿起香菸，站了起來。天旋地轉，卻也覺得世界動得好慢。我把香菸塞進那傢伙的面具裡，有種完成人生最後一項任務的感覺，但這一定只是一瞬間的事。然後，我又倒在那傢伙的腳下。

那傢伙可能嚇一跳。那傢伙發出尖叫了嗎？我連這一點都不確定。

抬頭一看，那傢伙揮著木刀朝我過來。不是對著宮下，我莫名安心。果然，基本上我這個人還是個白痴哪——有種安詳的感覺。

宮下大叫著什麼。下一瞬間，有人從面具上方毆打那傢伙。接著，那傢伙往女生廁所裡撲倒。

是誰幹的？佇立在女生廁所門口的是前川。是前川揍了那傢伙。前川的臉上有流鼻血的痕跡，身後站著東。我心想，得救了。

逐漸地，日光燈的明滅趨於和緩。光明與黑暗緩慢交替。不，或許是我的意識發生異常，時間變成無限接近靜止的狀態。

我看見廁所裡的那傢伙就要爬起。不曉得是不是挨揍的緣故，面具掉下來。出現一張老太婆的臉。一頭白髮，滿臉皺紋。是那傢伙。

光線的明滅交替變慢了。

她緩緩起身，看著我，咯咯咯地笑。

她衝破窗戶，融入黑暗般消失。

明滅交替的景象以粉雪飄落的速度逐漸消逝。我的意識化成一片雪白。

7

醒來的時候，我在保健室。躺在床上，手臂纏著繃帶。

外頭還是暗的，我心想：怎麼，才十一點而已啊。

一旁的椅子上坐著前川。

他望著自己毆打那傢伙的拳頭，手掌一開一闔，露出一種深深感動的眼神，一副幾乎要流下淚的表情。

難道……

他發現我醒來，露出吃驚的神色。

難道，老師就是……我這麼出聲，想要爬起，劇痛卻竄過全身。

我再次昏了過去。重傷。

之前叫你計算機，真是對不起。我的內心充滿這樣的想法。

我醒了過來，看看時鐘，經過三十分鐘。這次旁邊沒其他人。保健室裡只有我一個人。身體狀況比剛才更穩定，舒服許多。什麼重傷，真是想太多。手臂好像沒骨折，真幸運。可是臼齒少一顆，嘴巴裡感覺怪怪的。

遠遠傳來了歌聲。聲音愈來愈大。

保健室的門打開，唱歌的是宮下昌子。

「喲，還活著。」

「我以為自己死掉了，畢竟都看見冥河了。」

「對岸有人嗎？」

「藤子．F．不二雄〔註1〕老師向我揮手，說今年的多啦A夢大長篇〔註2〕也請多多捧場。」

「那真是遇見大人物了。」

她邊說邊坐到椅子上。

「對了，我父母決定離婚。」

她頹喪地垂下肩膀。這話真唐突。不，或許不算唐突，前川想跟她談的就是這件事吧。

沒關係的，我跟她說。沒什麼關係，反正就快三月了。

註1：藤子．F．不二雄（一九三三～一九九六），為《多啦A夢》等漫畫作者「藤子不二雄」此一共同筆名的作者之一——藤本弘的筆名。「藤子不二雄」雖為共同筆名，但以此筆名發表的作品大多為個別獨立完成，因此在一九八七年解散後，各作品多修改為各自的名義。

宮下紅著眼睛嘆氣。

「真是吃足苦頭。那傢伙從窗戶逃走，可是不管怎麼找，都找不到半個人影。那傢伙明明就從二樓跳下去了。」

「嗯，好厲害的老太婆，衝勁十足。」

宮下猛然從椅子上站起。

「老太婆？你在說什麼？」

「那傢伙不是滿臉皺紋嗎？」

「根本看不見那傢伙的臉啊。劍道面具掉下來，但那傢伙挨打後立刻撞破窗戶逃走，實在來不及看清他的臉。大家都一樣，沒有任何人看見那傢伙的真面目。」

可是我看到了。

「不然，你說那傢伙是誰？」宮下應道。

「那傢伙在廁所撿到我的打火機。那是個特殊的打火機，不熟悉的人會有燙傷手指的危險。」

「燙傷？啊，哦，那……」

註2：自一九八〇年起，日本每年固定於三月上～中旬上映一部多啦A夢的動畫電影。二〇〇五年時曾因配音員替換而中斷，二〇〇六年起又繼續，目前已有二十六部。

「沒錯，橡膠手套。妳幫後藤老師裝水的手套，上面開了一個小洞吧？恐怕是打火機燙出的洞。」

「橡膠製的藍手套……是打掃的人用的手套？」

東走進保健室，仍是女裝打扮。

「哇嗚，上村，真是飛來橫禍！我在校舍外面看到流血倒地的前川時，還以為完蛋了。宮下同學，太好了，真是太好了！」

東一身女裝，激動地和宮下握手。

他在外面找到前川後，似乎覺得唯一亮著燈的二樓女生廁所相當可疑。他救了我。

「後藤呢？」

「她和前川一起去校長那裡。你手臂上的繃帶也是後藤老師包紮的。這麼一提，在你昏睡的時候，校長慌慌張張地趕來學校。在那之前，我一直在外頭閒晃，可是沒看到半個人。那傢伙究竟消失到什麼地方？」

窗外依然陰暗。

雪花又開始飛舞。

8

週六和週日是假日，我得以安心休養。我去醫院接受精密檢查，校長還向我鞠躬道歉，拜託我千萬不要張揚出去。

我說犯人是掃地的歐巴桑，大家都很吃驚。

然而，之後再也沒人見過那個老太婆。她消失了。清掃業者的名簿上並無疑似這個人的名字。實際上，根本沒人記得那傢伙的名字。之前，大家應該是以某種固有名詞稱呼她，卻沒人想得出那個名字。

她就這樣消失，不曾出現。

然後，學校舉行了三年級生的畢業典禮。

宮下告訴我一件有趣的事。

「昨天我走在路上，兩個男生突然出現在我的面前。看他們的服裝，似乎剛參加完畢業典禮。他們問我：『最近有沒有碰到什麼怪事？』我回答他們：『沒有，很和平。』」

他們是三年級的啊。那兩個可惡的傢伙，是什麼時候碰頭的？

「是怎樣的人？棕髮？」

「沒有，兩個都是普通人。我回答『很和平』後，他們相視一笑，彼此說聲『再見』，便往不同的方向離開。為什麼呢？」

不曉得耶，是不是家住不同方向？我這麼回答。

學校變髒了。是打掃的人不在的緣故嗎？這是和平的證據。

我前往那間廁所。最近幾乎都沒去，也不像以前那麼想抽菸。

廁所裡果然沒人。而且，果然變髒了，有種怪味。馬桶間也一樣，很髒。

牆上留著K.E.和2C棕髮的塗鴉。只有他們兩個的。

我要畢業嘍——

K.E.

我也一樣。還有，二年級的時候硬把我的頭髮染黑的老頭子，我不會原諒你的！

2C棕髮

是油性筆。最後的最後，他們竟然用油性麥克筆塗鴉。這沒辦法輕易擦掉，是畢業紀念。

我也加入塗鴉。當然，和第一天一樣，我的口袋裡恰巧裝著油性麥克筆。

塗鴉的內容是那晚發生的事。過去在這個地方曾有奇妙的訊息往來的事。自動販賣機的事。車子的事。沒寫出名字的她的事。還有，老太婆的事。

馬桶間的牆上填滿我的塗鴉，量變得龐大無比，密密麻麻地，幾乎要把馬桶間的牆壁染黑。由於是油性筆，或許會在學校裡留上很長一段時間。我希望更多學生看見。

但隔天就被擦掉了。全部的塗鴉都被擦掉了。油性麥克筆寫的也一樣，全部。廁所牆壁變得光亮潔白，甚至讓人感到一股異常的執念。有人在夜裡一下又一下用力擦拭牆壁。廁所、學校、所有東西都在一夜之間變乾淨。

然後，馬桶間的牆上只留下孤伶伶的一句塗鴉。

不可以　塗鴉

睽違許久地，我點燃了香菸。

天帝妖狐

一

夜木

鈴木杏子小姐，在妳閱讀這封信的時候，我們應該已完成道別。以這樣的形式匆促與妳辭別，我感到無比遺憾。如果辦得到，我想親口說明不得不逃也似地離開妳身邊的理由，但請允許我以書信代言。

並不是有什麼迫切的危險，時間逼人，我才選擇這樣的方法。的確，我對兩個人做出非人道的殘虐行為，使得我現在成了逃亡之身。但我並非害怕遭到逮捕，才想要盡快離開。一切都是我懦弱的心靈，讓我不願在妳面前多待一分一秒。若以文章述說，或許就不會被妳看出我扭曲醜陋的外表。

我曾懷抱幻想，期待著如果是妳，即使看到我現在的形姿，也不會發出尖叫，與厭惡地皺眉。實際上，每次與妳交談，都想要向妳坦白我背負的命運。但所謂的機會，為何總是稍縱即逝？每當我想道出少年時代的可憎過去，就有如被什麼東西勒住脖子，話語卡在喉間，在我痛苦不已的時候，機會便這麼溜走。

現在，我覺得能夠以較為平靜的心情來傾訴。那樣燒灼著我的身體的憎恨、悲傷與恐懼，也會全封進箱中般寂靜無聲，允許我將一切告訴妳吧。

這令人憎恨的一切，源頭要回溯到我的少年時代。

我的家位於北方，一到冬天，視野所及之處就會變得一片雪白。那個村落在狹隘的山間，連續下幾天雪，便會積到大人的腰部那麼高，除了凍結的旱田以外，一無所有。我沒有兄弟，家中只有我、雙親、祖父和祖母五個人。當時的朋友中，有些人的家裡兄弟姊妹多達七、八個，那樣熱鬧的家庭，令我羨慕萬分。

事情發生在我十一歲的某天。體弱多病的我沒去學校，在家躺著休息。其實應該沒什麼大毛病，但我是獨生子，比一般孩子更受到無微不至的呵護。因此，只要我稍微咳嗽或受傷，母親和祖母就會臉色大變，操心不已。這是個居民不多的荒村，家人對我的保護過度眾所周知，也曾遭到附近鄰居以令人不太愉快的形式嘲笑。那種時候我總不由得心想，如果身體健康強壯該有多好。

感冒臥床的我，在被窩裡無聊得發慌。放在暖爐上的茶壺咻咻吐出蒸氣。一閉上眼睛，便能聽見雪塊從屋頂上掉落的聲響。

當時如果有任何能排遣寂寞的單人遊戲，是否就不會演變成今天這樣的局面？這個問題折磨著我，每每想起，我就對逝去的光明人生惋惜不已。

狐狗狸大仙（註1）——厭倦無趣的時間流逝的我，突然想起殘留在耳底的這個詞彙。這是朋友皆為之瘋狂的遊戲。就是在白紙寫下五十音的平假名，滑動十圓硬幣串連成文字，神祕而詭異的遊戲。

我知道朋友為這個遊戲著迷，但我裝成興趣缺缺，並未參與。然而，名為「無聊」的可恨魔法，卻讓我興起試試也不壞的念頭。

像朋友在教室裡做的一樣，我在白紙寫下五十音的平假名，及「是」和「不是」的文字，也簡單畫上鳥居（註2）的圖案。這個遊戲要在鳥居上擺十圓硬幣當出發點，再以數人的食指按住。接著，小學生的頭腦無法理解的不可思議力量便會移動十圓硬幣，無視於按上食指的人的意志，挑選紙上的文字。據說是這樣的。

教室裡，朋友對於在遊戲中擅自移動起來的十圓硬幣感到興奮無比。但我對這個遊戲抱持懷疑的態度，認為移動十圓硬幣的力量不是來自於什麼神靈，應該只是按上去的手指力量分布不均所致。

這天，感冒沒去上學的我，沒有一起玩狐狗狸大仙的對象。要大人來陪著玩這種遊戲又令我猶豫，所以也沒找家人來。

於是，我決定一個人玩。把羅列著平假名的紙張攤在榻榻米上，擺上十圓硬幣。我跪坐著，食指放上銅板。

在教室裡玩的人，好像會念誦疑似咒文的詞句，但內容我記得不是很清楚。因此，我沉默了一陣子。十圓硬幣一直擺在鳥居的圖案上，也就是出發點上。

維持這樣的狀態一動也不動，想像起來或許相當滑稽。實際上，在進行準備的階段，我就禁不住苦笑，為自己的幼稚感到吃驚。

然而，手指按著十圓硬幣的狀態當中，我不知為何漸漸呼吸困難，覺得呼吸違背自己的意志，愈來愈急促。遠處母親的走動聲、祖父打開紙門的聲響等等，全都聽不見，只有我所在的地方變質成為無聲的空間。我一陣緊

註1：一種日本民間占卜遊戲，與中國的錢仙、碟仙類似。時有占卜中陷入狐狸附身的情形發生，這種催眠現象被認為是動物靈所致，故日文寫做「狐狗狸さん」。
註2：立在神社的參道入口，表示進入神域的門。多以木頭或石頭製作。

張，感到脈搏加速。我想把食指從十圓硬幣上移開，卻被吸住似地無法動彈。不知不覺中皮膚布滿汗水，鼻頭冒出無數汗珠，視野突然變得狹窄，我只能盯著硬幣，無法動彈。房裡應該有來自窗戶的充足光照，奇妙的是，我的周圍卻是一片黑暗。唯一看得見的，僅有寫滿文字的紙張、十圓硬幣，與按著硬幣的手指。

難道真有什麼超越人類理解的東西在我的身邊？朋友們在教室裡按住的十圓硬幣，也是受那個東西誘導嗎？想到這裡，似乎有誰忽然站到跪坐的我背後。但我沒回頭確認。不曉得是身體無法動彈，還是害怕回頭確認。當時我唯一辦得到的，只有勉強擠出聲音。

「有誰在嗎……」

那一瞬間，原本充斥房內的不可思議苦悶感煙消霧散，定住似的僵硬肌肉漸漸鬆弛。房內恢復明亮，一旁暖爐上的茶壺也吐出蒸氣聲復活。我把手指從十圓硬幣上移開。直到剛才都像被吸住一樣、無法動彈的手指，彷彿沒發生過任何事，變得自由自在。

突然，房間的紙門打開，祖母探進頭。她剛從外面回來，鼻子和臉頰凍得紅通通。她詢問我的身體狀況後，很快就離開。

我再度一個人被留在房間裡，思索著方才不可思議的緊張感。到底是怎麼回事？是玩狐狗狸大仙造成的催眠狀態嗎？

恐怕是這樣吧。一定是依照猶如儀式的步驟進行，於是陷入這類錯覺。我這麼解釋，讓心情平靜下來。

玄關傳來母親叫喚聲。此時已是黃昏，我推測是放學回家的朋友，順路到我家來轉達一些明天的事。

我起身想要前往玄關，卻瞥見剛才食指還按著的十圓硬幣，竟然不在出發點的鳥居圖案上。從指尖到手臂、肩膀，彷彿有小蟲子「唰」地成群竄爬過去。然後，我想起剛玩狐狗狸大仙的時候，自己問出口的問題。

有誰在嗎……

我不曉得什麼時候變成這樣的。十圓硬幣在我未察覺之際，從鳥居圖案移動到「是」的文字上。

杏子

杏子邂逅夜木，是在放學回家的路上。並不是什麼特別的狀況。那天不熱也不冷，是個陰天。鎮上有許多工廠，白煙從煙囪冉冉升起。

從什麼時候起，自己開始拒絕朋友的邀約，一個人回家？杏子一邊走，一邊想著這件事。課程結束，教室裡的同學收拾東西準備回家時，一個綁著兩根辮子的朋友叫住杏子。

「大家想要一起去店裡吃涼粉。」

杏子很感謝朋友的邀約，但她沒一起去涼粉店。

她拒絕朋友，並非有什麼不得已的理由。雖然跟祖母和哥哥三個人一起生活，她有「得早點回家幫忙家事」的念頭，不過這不是她拒絕邀約的原因。

最近，她和別人交談時，往往會陷入窮途末路。跟朋友之間的對話，有時候會讓她隱隱感到格格不入。

例如，她沒辦法贊同關於某位老師的外表和習癖的笑話，與別人一同歡鬧，也無法配合大家嘲笑不在場的某人糗事。每當對話發展成那樣，她就有種喉嚨塞進硬物般坐立難安的感覺，想逃離現場。逐漸地，杏子的話變少。不知不覺中，她成為只聆聽別人說話的角色。

即使如此，從以前就很要好的朋友依然會邀杏子和大家一起回家。老實說，不曉得是否杏子多心，她跟那個朋友也漸漸聊不起來。對話的時候，會在某一瞬間突然感到疏離。

杏子有時會想，或許朋友出聲邀她，只是表面工夫而已。朋友要約大家，所以也不得不約杏子，僅僅如此。若不是這樣，朋友不可能會來找她這種不怎麼喜歡開口，又無趣的人。對於那些無法理解為何要笑的話題，杏子只能為了「大家都在笑」這個理由，一塊微笑點頭。

要是拒絕邀約，在別人眼中，似乎就像只有她一個人乖乖遵守校規。學校老師不喜歡學生在放學途中穿著制服走進商店，而杏子平常就是會去遵守那些規定的性格。因此，朋友曾說：「妳簡直就像故意裝乖一樣。」

當時，她看到朋友在書包裡偷偷藏著項鍊。校規裡規定，禁止學生配戴首飾。

「我在街上的酒吧打工，那邊的店員全都要戴這個。」

問她店名，是一家杏子看過幾次招牌的店。店內播放著西洋音樂，似乎是一家氣氛舒適的酒吧。

「可是，學校不是規定不能打工嗎？」杏子吃驚地問，然後得知朋友向店家謊報年齡。

朋友似乎覺得杏子是偽善者，只想讓老師看到她連半條首飾都沒有、是遵守校規的好學生模樣。杏子想要辯解其實並非如此，她純粹是對那些東西沒興趣。

然而，杏子沒能這麼做，時間就不停流過。

杏子往回家的方向走去，不久後來到河邊的道路。河道的側面以石頭堆疊而成，河川潺潺流過密集的住家之間。道路兩旁種著成排櫻花樹，花瓣在風中四散飄落。浮在河面的薄薄花瓣乘著水流，越過杏子離去。

少年們拿著棒子從路邊俯視河川。接近河面的石頭黏著田螺的卵，他們似乎正以棒子戳破那些粉紅色卵塊來取樂。

遠方巨大的工廠煙囪冉冉升起幾條白煙。在夕陽照射下，白煙有一半成為黑影。並排在河邊的櫻花樹，及聳立在另一側的工廠，這個組合總是讓杏子感到不可思議。

快到家的時候，杏子發現一名男子走在前方不遠處。雖然只看得見背影，但他全身裹著黑衣，一副剛穿過戰場而來的骯髒外貌。他一手扶在屋舍的石牆上，看得出他每跨一步，就痛苦喘息。

起初，杏子想避開那名男子。男子的背影有種不能靠近的奇妙邪惡感。無法明確指出是哪個部分導致杏子產生如此印象，不過他散亂的長髮、沾滿泥土的衣袖，及全身散發的氛圍，都讓人感到一股難以抹滅的污穢。

男子走得很慢，杏子想穿過他的身旁。就在這個時候，男子筋疲力竭般倒下，在地上蜷縮。這不像是算準在有人通過的瞬間做出的行動，而是切實支撐身體的氣力在剛才那一秒斷了線。

男子伏倒在地，覆藏著臉，肩膀不斷起伏，幾乎長及腰部的頭髮披散開來。他看上去非常痛苦，杏子不曉得如何是好。她覺得該出聲叫喚，扶對方一把。

杏子回想起剛才從男子身上感受到的異樣氛圍。她俯視蜷縮在腳邊的男子，心態轉為不能和這個人扯上關係。他是流浪漢嗎？或者，是遭逢意外，正在尋找醫院？然而，他也像是走過漫漫長路，終於耗盡氣力。

忽地，杏子注意到自己對這名男子懷有一種近乎嫌惡的情緒。接著，她為此感到羞恥。明明不曉得這個人的來歷，只憑感覺，居然嫌惡得扭曲了表情。明明有人倒在眼前，卻想視而不見，逕自離開。對於如此無情的自己，杏子十分失望。

「要、要不要緊……」杏子出聲。

男子的肩膀一震，彷彿此刻才發現有人在身邊。但他沒抬頭，反而把額頭深深靠近地面，像在隱藏什麼。

「請妳快走……」

男子的嗓音意外年輕，與背影散發的邪惡氛圍相差甚遠。只是當中包含一種害怕著什麼、想避開什麼的恐懼音色，杏子感到胃好似被揪緊。

「你看起來不太舒服。我家就在附近，請進屋休息吧。或者，我幫你叫醫生好嗎？」

「請不要管我。」

「不行，把臉抬起來。」

杏子想搭上男子的肩膀，一瞬間卻猶豫了。明明才剛訓誡過嫌惡男子的自己，靈魂深處卻拒絕觸摸他的肩膀。就算是隔著衣物，心裡也吶喊著「住手」，杏子仍壓下來自靈魂深處的警告，輕輕觸摸男子。

男子抬起頭，一雙眼睛睜得老大，凝視著杏子。不像是單純的吃驚，而是混和恐怖、畏懼及悲傷，快要一口氣哭出來的表情。

男子看上去還很年輕，大約二十歲左右，但無法明確判別。男子的臉從眼睛底下到下巴，纏繞好幾層的繃帶。杏子心想，這個人大概受了重傷。

男子十分憔悴，可能隨時會倒在路邊死掉，杏子決定帶他到家裡休息。男子什麼也沒說，點頭聽從杏子的話。

杏子的家離男子倒下的地點不遠。男子勉強站起，踩著和剛才一樣虛弱的腳步前往杏子家。杏子表示肩膀可以借他靠，但男子害怕什麼似地拒絕了。

「謝謝妳的好意，但拜託妳，不要看我的臉。」

男子垂著頭懇求。他的話聲顫抖，像在哭泣。話語中不帶絲毫危險之意，只讓人聯想到脆弱的小動物。這麼一想，杏子開始覺得這名男子宛如遭人狠狠欺凌、受傷的小孩。

來到家門前，男子仰望透天厝的二樓，躊躇著不敢進入。這是一棟古老的木造建築物，只是略微寬敞一些，是隨處可見的普通住家，應該沒有任何奇異之處，但男子邁步穿過玄關，似乎需要一些決心。

屋子前面擺著許多盆栽，是祖母出於嗜好栽種的。杏子想打開玄關大門，發現上了鎖，祖母好像出門了。於是，她從生鏽的信箱裡取出鑰匙。信箱原本是紅色，現在已生鏽，變成褐色金屬塊。

身為屋主的祖母，把二樓的房間出租，收取租金。儘管二樓租給一對姓田中的母子，仍有多出的房間可供男子休息。

杏子領著男子經過玄關，來到裡面的房間。走廊的木板擦得非常乾淨，反射出濡濕的光澤。擦洗走廊是杏子最近的樂趣。

男人被帶到一樓西側的房間後，一副不知所措的模樣，杵在原地。

杏子「喀噠喀噠」地搖著木製窗框，打開窗戶。若不這麼搖，窗戶便會中途卡住，動彈不得。流過屋旁的河川映入眼簾，潮濕的氣味飄進房裡。杏子一有空就打掃，榻榻米應該是清潔的，沒有髒污。

家裡沒人。哥哥俊一，及租借二樓房間的女房客田中正美已出門工作。祖母和正美的兒子阿博通常在家，但是他們似乎也外出，可能是去買晚餐的材料吧。

杏子把茶倒進茶杯裡，端去給男子。拉開紙門時，杏子注意到男子渾身一震，提高警戒，害怕地望著她。這讓杏子聯想起遭人類毆打的狗。那是恐懼著別人的一舉一動，卑微度日的可悲習性。

「身體的情況怎麼樣？」

「我只是走累了而已……」

男人說完，垂下頭，別開視線。

此刻杏子才發現，不僅是臉的下半部，男子連雙手、雙腳，全身每一個地方都為繃帶覆蓋。他穿著黑色長袖上衣和長褲，繃帶從衣襬裡露了出來。

杏子想問他理由，但一想到或許很失禮，就問不出口。杏子放下盛著茶杯的托盤。

「你叫什麼名字……」杏子問。

男人遲疑一下，小聲回答：「……夜木。」

杏子暫時讓夜木一個人在房間休息。家裡有多的棉被，便借給了他。杏子倆落鋪床時，夜木坐在窗邊，眺望外面。

不久前，屋簷下築起麻雀的巢，幼鳥吵鬧地討食物。杏子看過好幾次母鳥為小鳥送食物來。夜木也是在看同樣的景象嗎？

這個男的到底是什麼人？杏子思索著。完全未經梳理的長髮、彷彿穿好幾年的黑衣、覆蓋全身的繃帶，沒有提包或任何行李。臉上的繃帶尤其可疑。從鼻子到下巴，像要藏住整張臉似地纏繞著繃帶。

不輸給外表的異樣，男子的影子更加黑暗陰冷。黃昏時分，偏紅的陽光從窗戶斜射進來，夜木的黑影宛如形成一個深不見底的空間。杏子覺得似乎會有什麼莫名其妙的恐怖東西爬出來，不禁一陣寒顫。

「對不起，很臭吧。」唐突地，夜木轉過來說道。杏子不明所以，頗為納悶。

「我好幾天沒洗澡，身體應該很臭。」

夜木語帶困窘，難為情地搔搔頭。

那副模樣有些孩子氣，杏子的心情稍微和緩。

「請不要介意。」這個人一定不是壞人，杏子暗想。

「等一下我會準備晚飯。」

「我不需要。」夜木搖頭。

「可是，你一定餓了吧？」

「以我的狀況，不吃也沒關係。」

「你的狀況……」

夜木支吾起來。

杏子做了晚餐，送到夜木的房間。夜木希望獨自用餐，嘴包著繃帶，要吃飯就得解開。夜木可能不希望底下的臉被人看見吧。

搞不好這名男子是罪犯，正遭到通緝。所以，他才要藏住自己的臉嗎？杏子的猜測又增添一項。或者，他真的是受了重傷？那樣的話，就該找醫生來。

「真的不需要醫生嗎？」飯後杏子再問一次。

「不要緊，待會我就離開。這樣會給妳添麻煩。」

「你要去哪裡？」

夜木沉默。

這個男的似乎沒有去處。察覺到這一點，杏子不禁憐憫起夜木。看到他在房間角落坐立難安的模樣，杏子不忍心放任不管。想起他剛才走路的身影，似乎一下就會力竭而亡。雖然一半的臉被繃帶包住，無法確認他的表情，但從雙眼可清楚看出憔悴之色。杏子認為現在不能讓他勉強自己。

另一方面，杏子毫無來由地有股愈來愈強烈的不安。那是一種不能再靠近這名男子的直覺。杏子壓抑了下來。

「你暫時住在我家吧。」

夜木一開始拒絕，在杏子不斷勸說下，終於答應滯留五天。

夜木

究竟是怎樣的力量移動十圓硬幣？榻榻米傾斜了嗎？或者，屋子本身不是水平的？不管哪一種假設，都一一遭到否定，最後留下的，唯有「某個看不見的人回答我的問題」這種童話故事般的可能性。

怎麼可能有這種事？即使懷疑，心中的一小角似乎無法完全否定。要是忘了狐狗狸大仙的事，像之前一樣認為僅僅是一種遊戲，我的未來是否會與現在不同？

然而，當時我只是個少年。愈是不去思考手指放上十圓硬幣的異常緊張感和不可思議的移動現象，意識愈是在不知不覺中往那邊傾斜。不管是在學校算數，或走在田間小徑上，一回過神，腦中想的總是狐狗狸大仙。

這就是所謂的「愈怕愈想看」嗎？第一次玩狐狗狸大仙後，過了幾天，我懷著一絲不安與期待，開始第二次的狐狗狸大仙遊戲。

像上次一樣，我把十圓硬幣放在寫有五十音的平假名，和「是」、「不是」的紙張上。食指一放上硬幣，和那時相同的駭人壓迫感便充滿整個房間。原本存在的一切聲音都被吸到某處，房間搖身一變，化為無聲的極致。

身體不能動彈，我立刻感到旁邊有什麼東西出現，卻無法回頭。那個東西的氣息時遠時近，還會「呼」地朝我的脖子吹氣。

我按住十圓硬幣的手指稍微使力。以為壓在手指正下方，硬幣卻彷彿在冰上滑行，往右往左地開始移動。

「……有誰在嗎？」

我這麼發問，硬幣移動的速度便徐徐放慢，在一處靜止。那裡寫著「是」的文字。

果然有什麼東西在場。我的感官已無視常識，想承認那個東西的存在。

「你是誰？」

十圓硬幣移動的方向顯露出那個東西的猶豫，但依然一個一個選出字。起初是「SA」，接著是「NA」，最後是「E」，動作停止了。

「早苗」，我變換成這組漢字，是女人嗎？「妳的名字叫早苗？」

「是」。早苗以看不見的手挪動十圓硬幣，移到這個字上面。

說起我當時的心情，究竟該如何表達才好？畏懼、驚愕、恐怖，就像是這些情緒剎那間一起湧上來，從手指貫穿我的背脊。這恐怕就是感動吧。

後來，我透過狐狗狸大仙遊戲，時常享受與早苗的對話。

「早苗，明天會是晴天嗎？」

我在無聲的世界裡，對一定就在身邊的早苗發問。她移動十圓硬幣，一個一個選著字。

「晴天」，頓一下後，她繼續說：「你在想如果明天下雨就不用賽跑了對吧」。

如同早苗說的，隔日是個大好晴天。這類預言百發百中，她可能有一點預知未來的能力吧。話雖如此，我所問的事，幾乎都只是明天的天氣、風向、溫度之類的問題。每當確認她的預言命中，我就會感到驚奇，愉快無比。

「早苗的天氣預報今天也說中了。」

「這樣啊」。

早苗高興地這麼回答。雖然只是十圓硬幣在選取文字，我卻隱約知道她很開心。不僅如此，早苗感受到的些微困惑、一點點興奮，似乎也全部傳達給我。

「木島老師是不是討厭我？」

「誰教你不寫作業」。

「就算是這樣，也用不著打人吧？」
「真拿你沒辦法」。
我曾在學校參加朋友舉行的狐狗狸大仙遊戲，卻沒有一個人在家玩的那種神奇的感覺。在學校時，早苗既不會來，十圓硬幣也不會帶著不可思議的意志在紙上滑動。即使如此，大家還是玩得頗盡興，我相當失望。這根本就是孩子的遊戲罷了。
「你明天會受傷」。
早苗用十圓硬幣組合出這句話。
「真的？」
「是」。
隔天，跑過走廊的人撞到我，害我膝蓋受傷。
「跟早苗說的一樣，我受傷了。」
「就說吧」。
她的預言是多麼牢不可破啊！我開始覺得，只要聽從早苗的話，就不會再受任何傷害。雖然真的很愚蠢，不過當時的我認為，遵照早苗的話，就能操縱全世界。

我的心被早苗的話填滿。我請教她課業上的問題，向她抱怨家人的事，完全仰賴這個沒有形體的朋友。

與她對話的時候，我總是留意不讓任何人進入房間。要是有除了我之外的人在場，十圓硬幣就不會移動，早苗會陷入沉默。一旦變成那樣，我就覺得遺憾極了。

妳相信嗎？當時我最要好的朋友，居然是以十圓硬幣發聲的神祕存在。現在回想，我怎會做出這麼恐怖的事？我竟然對一個莫名其妙的東西徹底敞開心扉。事實上，連向任何朋友都沒有坦白的心事，我都告訴早苗。

我怎麼可能會知道？早苗的話，甚至我以為感受到的情緒，全是虛偽的。她是多麼狡猾啊。藉由對話探索我的心扉，調查鎖孔，終於打開鎖，進入裡面。

「明天弘樹會死掉」。

一天，早苗這麼說。

當時，我有一個叫弘樹的朋友。

「弘樹會死掉？」

「對」。

我感到困惑。即使聽到這個預言，也彷彿並非現實，而是在聆聽書本的誦讀。我很清楚早苗的天氣預報一定會說中，但天氣預報和朋友的死亡是兩回事。

隔日，我在學校跟弘樹玩耍，他朝氣十足地四處奔跑，我覺得一定是早苗搞錯。可是，弘樹在放學途中跌進凍結的河川，歷經受凍、溺水，最後死掉了。

我告訴早苗這件事。

「跟早苗說的一樣。」

「哎呀這樣就死掉了啊死掉死掉死掉了……」。

她一次又一次重複「死掉了」。從這個時候起，早苗突然不太對勁。我沒辦法明確解釋，但她的口氣變了調，十圓硬幣以瘋狂的速度移動，選擇不成意義的字排列。我無法抵抗，手簡直像被某個強而有力的人抓住，右肩以下的整隻胳臂都遭十圓硬幣拉著走。

「妳不能救弘樹嗎？」

「他不要靠近河邊就好了」。

現在想想，我是多麼膚淺啊。妳會輕蔑我嗎？醜陋的我，比起失去朋友的悲傷，更為有早苗跟在身邊而感到安心。在那之前，我似乎一直以為自己是個勇敢、深情、優秀的人。深信即使站在死亡的邊緣，我也具備接受並克服的力量。

實際上，我是多麼渺小啊。不僅害怕死亡，還想利用早苗的預言，迴避神明決定的命運。

死亡，總有一天必定會降臨到每個人身上。對於這種絕對的、無法逃避的局面的恐懼，推動我走向扭曲的道路。

為了開口問一個問題，我煩惱、沉默了多久？在一番掙扎後，我從顫抖的唇間擠出話：「我……什麼時候會死？」

十圓硬幣毫不迷惘地滑行，讓人感到它完全看透這個世界，及預言是絕對不變的。

「還有四年你就會死掉會痛苦地死掉」。

我整顆腦袋彷彿燒了起來。還有四年，遠比預期的壽命短暫太多，我無法接受。

「要怎樣才能活命？」

我祈求似地問早苗。十圓硬幣以瘋狂的速度在紙上滑動。

「不——告訴你」。

燒灼般的焦躁感害我全身顫動。至今為止，早苗從來沒有不肯告訴我的事。

「拜託妳，告訴我。」

我哀求著活命的方法。

「你什麼都肯做嗎」。

我點頭。

「那就變成我的孩子」，停頓一下，她繼續說：「我會給你永遠不朽的生命」。

我做了何等恐怖的事啊！不明白祈求永恆生命背後真正的恐怖之處，也不去思考早苗的真面目，只是被死亡的恐懼束縛，接受她的要求。

「你說了你說要變成我的孩子了」。

十圓硬幣興奮無比地選著字。我從食指底下那個薄薄的金屬片上，感受到一股深不見底的冰冷。但我的腦海裡，一次又一次反覆浮現朋友掉進河裡，在痛苦與絕望的最後變得冰冷的形姿。不久後，朋友的臉變成我的臉，我的心終於為了逼近四年後的自身死相而狂亂。

「沒錯，沒錯。我要怎樣才能變成妳的小孩？」我急切地問。

「把身體交出來把人類的身體人類的身體交出來我會給你更強壯的身體那樣你就不會老也可以永遠活下去了」

我哭了。一面嗚咽，一面懇求似地點頭。

明明是大白天，房間卻一片陰暗，為寂靜籠罩，變成我與早苗對話之際總是感覺到的、脫離現實的異質空間。這種時候，雖然實際上看不見，但我老是覺得同一個房間裡，待著另一個完全不同的東西。它像是以幼童般的小巧身體，悄悄站在跪坐的我背後。同時，它也像是巨大到無視房間大小，在虛無的空間裡無限擴展。那一定就是早苗吧。

她輕輕把手放在嗚咽顫抖的我肩膀上。那一瞬間，原本幽暗的房間恢復明亮，外頭的冷風呼嘯聲復甦。一開始，我感到自黑暗生還般舒適，如同從死亡的恐怖中獲救。在某種意義上，這並沒有錯，只是我還沒發現，為了逃離死亡，我選擇一條比死亡更殘酷的道路。

從此以後，就算我用狐狗狸大仙遊戲呼喚早苗，她也絕不再出現，大概是覺得沒有回應我的義務吧。畢竟那個時候，她和我的契約已完成。

二

杏子

至今為止，杏子家裡有兩個家庭共同生活。身為屋主的祖母和兩個孫子，還有租借二樓房間的田中正美和她的兒子。杏子覺得兩個家庭之間幾乎沒有分別，吃飯或買東西都是一起。杏子把正美當成姊姊一樣仰慕，對方似乎也把她當成自己的妹妹。洗衣服也一起，杏子有時候會替工作回來的正美揉肩。

做飯的人不一定，大多是祖母或杏子，但也有正美準備食材，或哥哥俊一下廚的時候。

起先讓夜木在家裡休息，祖母、哥哥及住在二樓的正美似乎都相當不安。有個來歷不明的人待在家裡，這或許是理所當然的反應。杏子感到很抱歉，但日子毫無波瀾地過去。邂逅當初，夜木的臉色猶如死人。不過到了隔日，雖然臉有一半被繃帶遮住看不太出來，但感覺得出他的氣色好多了。

夜木大多數的時間都關在房裡，很少主動外出。此外，他也不會積極對任何人聊知心話。杏子認為夜木不是討厭人、不想看到人，相反地，他是想親近人也辦不到，只能一臉悲傷地待在房裡。

面對這個風貌奇特的男人，每個人似乎都有不同的看法。不過，幫助倒在路邊的人是值得稱許的行為，這一點大家意見一致。

杏子向哥哥俊一和房客正美說明夜木倒在半路的事時，俊一環抱雙臂，露出不太高興的表情。俊一在需要從家裡步行一段距離的水果店工作，剛下班回來。

「又不是撿小貓小狗，那傢伙真的不要緊嗎？」

「他全身都纏著繃帶，那樣的人會不會有危險？」

「叫醫生了嗎？」

杏子跟哥哥說夜木拒絕看醫生。哥哥益發感到加狐疑，但還是順著杏子的意思，暫時讓他在家裡休息。

「可是，那個人來路不明吧？實在教人擔心。」田中正美說。她的丈夫在數年前失蹤，目前母子倆住在杏子家裡。她不化妝，是個樸素的人。為了維持家計，她白天在纖維工廠工作。剛從工廠回來，她正要抱起留在家裡的兒子阿博。

「會不會危害到阿博呢？」

杏子無法回答。和夜木交談後，杏子不認為他會傷人，但也不能斷定完全不要緊。

「噯，有什麼關係？」

祖母從旁插口，要正美放心。支持杏子善行的，只有祖母一個人。

杏子和祖母分擔家務，原本就受到大家的信賴，所以夜木才沒被不講情面地趕走。大家把夜木當成客人，留在家裡。

夜木全身裹著繃帶在屋子內走動後，看到他的人全皺起眉頭。

「那個叫夜木的，真的不要緊嗎？」

哥哥露出見到殺人犯般的表情向杏子耳語。

然而，夜木異常的部分只有包裹住臉和手腳的繃帶，及他的影子散發出的奇妙氛圍。只要稍微和他交談，便會知道他的心地不壞。

杏子曾聽見祖母和夜木的對話。祖母詢問夜木的出生地等問題，他盡是含糊其詞。然而，祖母談起二十年前某個事件的回憶，夜木彷彿親眼目睹般述說當時的情景。可是，他的外表實在不像超過二十歲。

杏子詢問祖母對夜木的印象。

「像是這個世上的某種邪惡化成形體。」祖母回答，接著補上一句：

「不過實際一聊，還滿普通的。」

但若說夜木普通，他的行動又太過奇特。

「我幫忙你換繃帶吧。」

杏子這麼提議，夜木卻拒絕了。可能還是不想被人看見繃帶底下的模樣吧。他拒絕時的表情，並不是責備杏子多管閒事的嚴厲神色，而是打心底感激的眼神。不知為何，杏子胸口湧現一股悲傷。

杏子身邊的人，面對隨處可見、不值一提的親切，全都以天經地義的態度接受。夜木完全相反。對於杏子理所當然說出的話，他每一句都感到猶豫，甚至一副自己沒有那種權利的樣子。至今為止，他從來沒被別人親切對待過嗎？由此可窺知，不幸的人生使得他對一點微不足道的小事都感到幸福無比。

某天黃昏，杏子從學校回來，看見田中正美的兒子阿博走進夜木的房裡。阿博是剛滿五歲的孩子，正美到纖維工廠去工作的時候，便由祖母充當他白天的玩伴。杏子覺得阿博就像是年紀相差甚遠的弟弟。

杏子剛要拉開夜木房間的紙門，聽見兩人的聲音。阿博似乎感到稀奇，不停問夜木問題。為什麼包著繃帶？為什麼會在這個家裡？夜木一一回答，但阿博的腦袋裡彷彿裝滿無邊無際的疑問，怎麼問都問不完。

杏子悄悄拉開紙門，只見阿博目不轉睛地注視夜木，於是夜木一臉困窘地坐在房裡。看到杏子，他露出「救兵終於來了」的表情。

「喂，阿博，不可以問那麼多問題，會害人家傷腦筋。」杏子本來想這麼說，卻打消念頭。

「大哥哥陪你玩，真是太好了。」

她改對阿博這麼說，更助長他的發問攻勢。受到孩子親近，夜木不知所措的模樣，令人莞爾一笑。杏子想讓這樣的狀態持續久一點。她把兩人留在房裡，離開後仍感到不可思議。阿博對夜木似乎沒有任何敵意或嫌惡感，他感覺不到夜木身上的不祥氣息嗎？
後來，杏子詢問阿博這件事。孩童的話語很抽象，需要時間理解，但他似乎明確感受到夜木異於常人的氛圍。
「那個人好像墳墓。」阿博回答，接著又補上一句：「有狗的味道。」
「哎呀，怎麼可能？他明明仔細洗過澡。」
即使杏子這麼說，阿博也只是笑著搖頭。

收留夜木後，第四天的黃昏。
放學回家的途中，杏子在河畔看到夜木。小河穿過住家之間，最後流入郊外寬廣的大河。從土堤俯視，眼下是一大片約有人那麼高的蘆葦原。河川對岸設有工廠，並排的煙囪緩緩吐出煙霧，天空的雲和煙彷彿相連在一起。根據風向和風力強弱，偶爾工廠排出的煙會覆蓋整座小鎮。另外，工廠排出的、像沙子般細微的粉塵，也會乘風而來，弄髒晾晒的衣物。
夜木似乎只是佇立眺望對岸。杏子出聲叫喚，一瞬間他露出戒備的動作，但一確認出聲的是誰，便解除警戒。杏子心想，這個人究竟是怎樣活過來的？他活在那種只要被別人叫住，就會嚇得肩膀一震的悲傷地方嗎？

蘆葦原裡籠罩著一片蟲鳴。對岸的工廠傳來低沉的金屬聲，斷斷續續震動著轉紅的大氣。

「我買了繃帶。」

杏子把手裡的包裹拿給他看。放學途中去買東西是違反校規的，但杏子也不是死板地遵守規則。

「我沒錢。」

「不用在意。」

依照一開始的約定，明天夜木應該就要離開家裡，但杏子提議他盡情待下去。或許哥哥會不太願意，但祖母對夜木的印象似乎不差，搞不好會欣然答應。

「可是，我付不出房租。」

杏子點頭。她的家境並不富裕，不可能讓夜木一直免費住下去。她也想過是不是要和朋友一樣出去工作。

杏子告訴夜木，她在酒吧工作的朋友的事。那家店位在市街的中心，她詳細描述店名和店員的服裝。

「夜木到那裡工作看看？」

「服務業有點……」

杏子再次審視夜木裹著繃帶的模樣。

「我們一起尋找你可以工作的地方吧。」

杏子向夜木說明，哥哥的朋友裡有一個叫秋山的富家少爺，他家有好幾間工廠，向他拜託，應該能給夜木安插一個職位。

夜木十分困惑。雖然他說很高興，卻一副不曉得能否接受這種提議的迷惘模樣。

「大家都希望夜木再待久一點。就算你離開我們家，也沒地方可去吧？」

夜木落寞地點頭，好幾年都未留心過的黝黑長髮隨風飄動。這個時候，杏子看見他纖細的肩膀。那是與夜木擁有的異樣黑影完全格格不入、依舊是少年的肩膀。

夜木接受杏子的提案後，杏子不知不覺鬆一口氣。她對夜木有一點依依不捨。與他交談的時候，沒有和朋友談話的那種距離感。夜木不會輕蔑任何人，看起來像愛著一切。或者說，他像是罹患絕症，被宣告將死之人，把每一天都當寶物珍惜。他的一舉一動中，處處帶著一絲哀傷，讓人不禁嚴肅以對。

兩人邊聊天邊走回家。夜木不喜歡提自己的事，只有杏子一個人在說話。她提到失和的雙親及陪伴母親臨終的事，盡是些陰沉的話題。

「是不是該說些愉快的事？」杏子在意地問。

「不，陰暗一點的話題比較好……」

夜木這麼回答，於是杏子放心說出小時候遭到欺負的回憶。不知為何，夜木很適合這類不幸的話題。

經過數天前兩人相遇的道路時，杏子正說到孩提時代的恐怖體驗。父親將哭泣的杏子丟在夜晚的森林裡。

眼前出現一隻野狗。是褐色的短毛公狗，杏子平時總會撫摸牠。

杏子走近，想要搔牠的脖子，但今天牠的樣子不太尋常。通常牠會瞇起眼睛，一副幸福的模樣，現在卻警戒地看著兩人。正確地說，牠是在瞪夜木。牠身體重心壓低，開始低吼。

杏子十分訝異，往前靠近一步。那隻狗似乎再也無法忍耐，翻身逃跑。那一瞬間，牠彷彿遭強大的野獸追逐般驚恐。

「牠平常都很乖的。」

杏子目瞪口呆地呢喃，望向夜木，不禁倒抽一口氣。

夜木面對狗跑掉的方向，露出陰沉的眼神。杏子無法詢問理由，她覺得夜木的那個部分，就像拒絕所有接觸、被挖開的傷口。

夜木

早苗不再回答我的問題之後，有一段時期，我每天都懷著不安的情緒度日。但人心是那樣地不可解，一開始我滿腦子都想著突然消失的無形的朋友，不久卻漸漸覺得或許只是一場夢。

我注意到身體的異變，就是在當時，在小學裡製作狐狸面具的時候。我用鑿子雕刻木頭，讓它一點一點接近狐臉的模樣。很多朋友都雕刻般若的面具，我卻不知為何受狐狸的面具吸引，約莫是腦中記得朋友說的「狐狸附身」的事吧。

那個時候，流傳著其他鎮上的小學生玩狐狗狸大仙被狐狸附身，突然狂舞不止，或說起莫名其妙的話之類的恐怖傳聞。因此，害怕遭到狐狸附身，玩狐狗狸大仙的人逐漸減少。我不明白所謂的「狐狸」指的究竟是什麼，卻隱約感到一股不安。

事情發生在我拿鐵鎚敲打鑿子柄之際，反覆進行相同作業的獨特枯燥感讓我心生疏忽，沒仔細看著鑿子的刀刃方向，於是不慎削掉左手食指的前端。

霎時，紅色液體四處飛濺，也噴上就要浮現出狐臉的木塊。周圍的人一陣哄鬧，老師馬上趕過來。我嚇得驚慌失措，但匪夷所思的是，起初傷口雖然痛得要命，卻有如煙霧散去般逐漸消失。並不是心理上的刺激使我忘掉疼痛，而是那個部分一開始就可以捨棄，削掉反倒自然。

我在染血的鑿子前端，看見削掉的指甲附著在上面。儘管害怕，在要被帶去保健室時，我仍拾起那片指甲，藏進口袋裡。

保健室的老師幫我消毒，建議去醫院比較好，所以我馬上又被帶去看醫生。到了那個時候，不曉得為什麼，不僅是疼痛，連出血都停止。血是這麼容易止住的嗎？我感到十分神奇。但我擅自下了結論，認為傷勢可能沒有想像中嚴重，鬆了一口氣。

醫生檢視我的傷口好一陣子，確認傷口快要癒合。當時醫生的表情，我到現在還忘不了。那是目擊到未曾見過的傷口的表情。

為了防止化膿，醫生替我打針。但醫生一拿針筒刺上我的皮膚，就不可思議地失敗，針不知為何在中途折斷。如同其他小孩，我討厭打針。我閉著眼睛忍耐，醫生則生氣地頻頻叫我放鬆。

我從學校早退，一回到家，母親便一臉擔心地迎接我。可能是老師先聯絡過家裡了吧。我秀出纏著繃帶的左手，開著玩笑要母親放心。不要緊，沒什麼大不了。實際上，對於幾乎完全不痛的指頭，我的確一點都不擔心。

一回到房間，我便端詳起藏在口袋裡的指甲。說來奇妙，這種東西會讓人捨不得當成垃圾輕易丟掉，所以我用衛生紙包起來，裝進收藏玻璃珠的罐子。

那天晚上，我覺得繃帶變得很緊，從睡夢中醒來。而且，受傷的部位異樣地癢，像恆齒跟在掉落的乳牙後面生長時，牙齦的那種痠疼感——這麼說明，妳能夠瞭解嗎？有如壓抑在體內的東西解開束縛，總算開始伸展的疼痛。

出現在身體上的異常感覺讓我吃驚不已，我認為是種不祥的徵兆。繃帶裡逐漸發熱，像有個看不見的人抓住我的傷口，把體內的東西往外拉。

我戰戰兢兢地解開繃帶。當繃帶的厚度消失，一種可說是不祥的氣息充塞胸口。把醫生白天幫我纏好的繃帶全部解開，出現在裡面的，是我重生的指甲。話雖如此，新的指甲和以前不一樣。如果是人類的指甲，應該是淺淺透出體內的血色，呈現淡粉紅色。但新的指甲既黝黑又銀亮，與其說是生物的身體，更像是金屬。而且，是那種棄置在工廠旁邊、生鏽的金屬片。

形狀也十分詭異。不像以前那樣渾圓有弧度，彷彿一開始就是為了撕裂什麼而生長的形狀。那是為了傷害、破壞、殺戮的形狀。

我感到害怕，不禁別開視線，忍耐著嘔吐感。

驀地，我想起早苗的話。我要拿走你的身體，給你新的身體——她是這麼說的。我有種不好的預感。打開藏在玻璃珠罐裡的衛生紙，我確實把自己的指甲放進去，裡面卻看不見任何類似的東西。

我忍不住尖叫。我知道早苗的意圖了。離開我身體的部分，她以看不見的手拿走。取而代之，給我新的身體，彌補缺損的部分。

父親拉開我房間的紙門，問我怎麼了。

我藏起變質的左手指頭，竭力佯裝平靜。

我無法出示給任何人看。我在家人、朋友的面前隱藏著指尖生活，也不能讓醫生診療，堅拒去醫院。由於我如此頑強抵抗，家人和老師都漸漸對我的行動起疑。隨著時間流逝，理當痊癒能取下繃帶，我也絕不解開。

我害怕別人看到指甲，害怕遭受異樣的眼光。我逐漸遠離人群，養成不引人注目地行動的習慣。我總是害怕著什麼，也變得不笑了。

我想像著老師或父親看到我的指甲，生氣地問我「這是怎麼回事？給我解釋！」的情景，畏懼不已。若是現在，我便能判斷事態絕不會變成那樣，但當時還是個孩子的我，以為一定會遭到責罵。

縱使有人問我纏繃帶的理由，我也無法回答；就算被嘲笑為何連一點小傷都怕得要命，我也無法說明理由。我盡可能避免激烈運動，減少受傷的可能性。即使如此，有時還是會跌倒，或是被尖銳的東西勾到受傷。受傷的部分像指甲重生的時候一樣，疼痛很快消失，然後彷彿從內部浮現，表面被生鏽的金屬般物質覆蓋。

新生的部分極為堅固，既不會受傷，也不會裂開流血。摸起來堅硬，卻能確實感受到冷熱。用鉛筆的尖端施予一定的壓力，在某種程度內會感覺疼痛，一旦超過限度，就會變得麻痺，像真正的、純粹的金屬片貼在皮膚上一樣。

每當受傷後，非人類的部位在我的身體增生，我就把那些部位包上繃帶藏起來。我害怕被別人看到，這樣的舉止在別人眼中一定相當病態吧。走在外頭的時候、與人面對面的時候，我在意的總是繃帶。繃帶會不會鬆掉？會不會在說話之際掉下來？我滿腦袋淨是擔心這些事，怎麼可能認真和人交談？

我的肋骨曾骨折。那是在通往神社境內的石梯上踏空，跌倒時發生的。一瞬間我無法呼吸，痛得幾乎要暈過去。石梯的稜角狠狠撞上胸口，我直覺肋骨斷掉了。

四周沒人。我坐在石梯上鎮靜心神。一如往常，疼痛宛若罩上一層霧，人逐漸變得舒服了。

我覺得自己快要發瘋，體內進行著破壞與再生。折斷的肋骨被早苗看不見的手拿走，取而代之，體內另一個莫名奇妙的身軀被拖出來。

我把手伸進衣襬，確認新的肋骨。外側皮膚和以前一樣，但我馬上知道內側產生變化。撞到石梯的肋骨，形狀扭曲、稜角分明，因此皮膚彷彿被拉緊。確實，摸起來不像人類的肋骨，而是別種生物的骨頭。

這麼一想，與早苗交換契約後，我再也沒生過病。就算受了重傷，馬上會被體內的另一副身軀取代，並且再生吧。若問這是否讓我感到安心，事實上完全相反。儘管只是輕微擦傷，我也覺得又失去一點人類的身體。我忍不住哭泣，大聲嘶喊，對未來感到恐懼。這樣的我，即使全身包裹著繃帶，受盡旁人的白眼，四年之間仍像個普通人般上學，簡直就是奇蹟。

一切的喜悅消失。此外，不知不覺中我散發可稱為「瘴氣」的異常氣息。那似乎是從爪子或肋骨等等，變化後露出表面的部分發出的。沉睡在我的體內某處，今後就要顯露到外頭的生物，牠的身軀充滿如此不祥的氣息。

許多敏感的人似乎察覺，只要掀開我表面的一層皮，底下其實潛藏著另一種生物。因此，他們光是看到我的形姿，就皺起眉頭，嫌惡不已。這類敏銳的人不會去思考為何抱持這樣的感覺，只是無意識地躲避。

不被任何人理睬，我經常是一個人悄悄藏身在黑暗中，伴隨著孤獨。比起被人看到、讓人害怕接近，或惹人厭惡而遭到拒絕，這麼做至少讓我覺得自己還屬於人類。

我和早苗交換契約四年後，決心離開家裡。不可能再繼續用繃帶隱藏全身，不在他人面前脫下衣物。朋友、老師，連家人都懷疑我的精神不正常。從某一天起，再也不肯裸露身體的理由，他們詢問好幾次，但我只能用快哭出來的表情，懇求不要追究。

某天夜裡，我把衣物塞進皮包，從母親放在廚房的束口袋拿出錢包。偷錢讓我感到內疚，但對於將我生下，一直傾注關愛的雙親，不告而別的罪惡感，更深深責備、折磨著我。

我也想過，當時或許應該向家人坦白。然而，那是現在才可能會有的念頭。當時的我，更恐懼遭到雙親的拒絕。與其那樣，倒不如什麼都不說，默默消失比較好。

夜晚，空中沒有雲朵，月亮高掛。視野為星辰掩沒的夜晚，天空看起來比白天更加遼闊。連續下了幾天的雪，覆蓋整片大地。我想暫且搭上火車，於是前往車站。寒風從穿了好幾層的衣服外，或是手套的隙縫間，掠奪我的體溫。走在夜路上，我思索著早苗的事。

早苗到底是怎樣的存在？依據早苗的預言，原本在這一年我會死掉。若是沒遇見早苗，也許已成真。或者，那是為了恐嚇我，讓我簽下契約，才編出的謊話？事到如今，我已無法求證。

然而，離家的我這麼想著。

我在今晚死掉了。

這種想法，是讓我保有自我意志的最後救贖。

體內那個不祥之物的氣息，似乎與日俱增。不僅是我，連路過的人都感覺得到。那異樣的感覺，像污黑混濁的水。妳一定也看出我內側這種令人不快的印象了吧。接觸到我的皮膚的空氣，彷彿都變得污穢、淤塞和混濁。

有關早苗真面目的線索，恐怕就在這裡。她這麼對我說過：

變成我的孩子。那樣的話，我就給你永遠不朽的生命。

假使早苗的孩子是渾身充滿褻瀆神明般穢氣的怪物，她本身一定是人類智慧無法想像的巨大黑暗支配者。我想要活命，和絕不該扯上關係的存在締結了契約。

原本，對早苗的詛咒將我的心燃燒殆盡，但到了離家那一天，僅僅剩下對自身愚昧的絕望。一切都是我不成熟的靈魂造成的。聽到朋友的死，害怕自己的死，想違逆神明創造的自然運行，才是一切的根源。

早晨，在太陽還沒升起前，我就在車站等候發車。除了我之外，不見其他人，一盞微弱的燈光照亮站內。

我搭上火車，毫無目的地流浪，不知不覺已過二十年。實際上，我的年齡應該超過三十歲，身體卻以二十歲為界停止成長。這段期間，我潛進入黑暗，遁入山中，藏匿在森林裡度日。懷念人群的喧囂時，也曾潛身在市街的大樓之間的黑影中。

我的內心未曾有片刻安寧，好幾次想自殺。但我確信不管是上吊或投海，我絕不會死掉。

進入深山裡的時候，我懷著自暴自棄的心情，連食物也沒帶，饑餓感卻在我覺得快要餓死之際突然消失。以為終於要凍死，所有感覺就被截斷。於是，我知道就算掙扎著赴死，已連前往另一個世界都不被允許。

我的腳踩空，摔下懸崖。下巴和肩膀等多處骨折。這些部分也被早苗取走，替換成醜陋的怪物身軀。我會用繃帶覆蓋住臉的下半部，原因就是當時的傷。若是看到我重生的牙齒，不可能還有生物保持冷靜。若是狼之類的，牠們的下顎顯然有著神明賦予的、可謂生命之美的光輝。我的下顎卻遠不同於那些，是連神明都不忍卒睹的扭曲形狀，並呈現鏽鐵色，用來撕裂肉體自是有過之而無不及。

我認為嘗試自殺必然徒勞無功，只能在無止境流逝的時間中度日。我學到什麼叫孤獨。不管走在路上，還是進入森林，沒人出聲喚我，連鳥和動物都遠遠逃開。快樂的孩提記憶總是浮現在心中，讓我發出悲鳴。我撓抓胸口，抱住頭，或是仰望夜空，為自己的愚昧招來的寂寞命運痛苦不堪。

我沒有一天不想起家人。離家後過了十年左右，我曾回到故鄉一次。我的頭髮任意生長，全身包裹著繃帶，事到如今實在無法開口說出「我就是你們的兒子」。不過，我想見母親一面。

然而，我家不見了。我就讀的小學和車站還是老樣子，只有住過的家消失。雖然可以詢問附近的鄰居，我卻沒這麼做，抱著一切都想開的心情離去。對於突然消失的孩子，母親和父親有何感受？之後的歲月，他們是以怎樣的心情度過？孤獨的毒素侵蝕我的時候，遠方的雙親是否擔心著我？

家沒有了。不管是搬走，還是燒掉，都不是問題。只是，我親眼確認再也沒有可以回去的家。離開家的那一刻，原本的我就死了。我流著淚，不停說服自己。

我帶著死不了的身體繼續走著。由於不想被任何人看到，我行經沒有人煙的地方。至少想與社會大眾比臨而居時，我會潛藏在市鎮的陰暗一角。但看著普通地走在路上的人，對我也是一種痛苦。路人親密談笑的模樣，讓我既羨慕又悲傷。

當繃帶不能用了，我就以碎布遮掩臉龐。若想洗澡，就到乾淨的河裡。我翻撿垃圾得到衣物，從丟棄的書本上獲得知識。

縱使會感到饑餓，卻不會餓死，更不可能被野獸襲擊而死。我只是無為地，以不知是人類還是野獸的身體度過近乎永恆的時間。

杏子小姐，我遇見妳，恰巧是我來到這個鎮上，就要遭今後永遠不會消失的孤獨悲傷壓垮的時候。

雖然不會死亡，但不眠不休地行走，終究會疲憊。我走了好幾個月，腦中一片空茫。漫長的時間裡，我思考著漫無邊際的事，終於連思索的材料都用盡。

不曉得為什麼，我有一種不能在同一個地方多待一分一秒、接近強迫性的念頭。我只是不斷踏出腳步，在迷惘的狀態下行走，直到因蓄積的疲勞突然倒下為止。

當時，妳偶然出現在身旁。妳把手放上我的肩膀，那一瞬間的驚訝實在令我難忘。長期以來，孤單一人徬徨行走的我，對於被他人觸碰這件事，早就死了心。自出生後，我曾像這樣真心去感受手掌的溫暖嗎？我茫然失措，分不清是恐怖還是欣喜，開始了在妳家的生活。

我在那裡遇見的，是過去捨棄、早已想開，認為再也不可能獲得的理所當然的生活。與人對話、打招呼，這樣的場景，我在連聲音都被吸收的深邃森林裡夢見過多少次？有榻榻米、有屋頂、有窗戶，身處在這些人們盡力打造出的、希望舒適度過每一天的人性空間，我才驚覺自己差點踏入人類以外的世界。

在妳家遇到的每一個人，我都感激不已。在那裡度過的短暫時日，每一件事都輕易令我淚流不止。

然而，我有預感不能繼續待在杏子小姐的家裡。那個渴望我的身體、不屬於這個世界的東西，可憎的影子逐漸變得清晰。這種污穢會帶來死亡和絕望，害接近我的人陷入不幸。

知道妳借我使用的房間屋簷底下，有個麻雀的巢嗎？我剛住進房間的時候，母鳥會為小鳥送來食物。可是，注意到我的氣息的母鳥，丟下餓得哭泣的小鳥逃走，一去不回。不僅如此，小鳥當中有三隻明明還不會飛翔，卻為了逃離我而爬出鳥巢，掉下來摔死了。剩下無法逃離我、也沒食物吃的小鳥，等我發現，也都餓死了。

我從未如此憎恨被封閉在黑暗中的命運。不能待在這裡。雖然懷抱這樣的想法，但每一天的幸福讓我不自覺萌生天真的念頭。或許我能和平常人一樣活下去，只要身邊有人理解我的痛苦。

如果沒有去處，留宿我家如何？我會接受妳的提議，也是出於這樣的心理。妳拜託令兄美言，請令兄的朋友為我在工廠安排工作，再多的感謝都不夠。

可惜，結果令人遺憾。咒罵我的種種話語和憎恨的聲音，也傳進妳的耳中了吧。

就在數日前，我突然銷聲匿跡。人們是怎麼述說的呢？昨晚發生在秋山邸的事故，又是怎麼處理？

三

杏子

哥哥俊一、秋山和井上，三個人過去是國中同學。他們現在也維持著朋友的情誼，偶爾會來杏子家，在哥哥房間聊上好幾個小時。

秋山的父親是鎮上十分有名的大富豪。井上是他最要好的朋友。他們總是一同行動，以主人與跟班聞名。在街上經常可看到纖瘦又穿著體面的秋山，和高大壯碩的井上走在一起的情景。

他們的風評不佳。秋山似乎是個喜歡尋樂子的人，老是面露不懷好意的笑容，在街上物色消磨時間的事物。聽說，他曾從背後襲擊黃昏回家的工人，或掏出錢要乞丐跳進河裡。

以前有流氓在背後說秋山的壞話，然而那個流氓已被趕出鎮上。原因是秋山的父親在黑道很吃得開。

夜木在杏子家住下，過了一星期後，哥哥帶秋山和井上到家裡。他們在俊一的房裡聊著什麼。

杏子端茶過去的時候，豎耳傾聽。話題是預定在兩週後舉行的祭典。每逢祭典，從神社到車站的馬路便擠滿攤販，到處可見親子出遊的人群高興地逛著。俊一受工作地方的水果店老闆託付，在祭典上擺攤。秋山很吃得開，若是拜託他，可獲得比較好的位置。

三人在房間中央面對面坐著。秋山打扮得十分瀟灑，盤腿而坐。井上穿著紅色襯衫，一身褐色肌膚。他的體格強壯，脖子上掛著銀色的十字架項鍊。那條項鍊和杏子朋友的一樣。杏子心想，他們是在同一家酒吧工作嗎？

「杏子要不要也坐下一起聽？不要再談什麼無聊的祭典，我正想跟妳哥說說我去國外的趣聞。」

秋山向杏子搭訕。杏子表示有事，婉拒邀約。她就是不擅長跟大家圍在一起聊天。而且她也擔心，要是露出覺得無趣的樣子，壞了秋山的興致可不妙。

好一段時間，房裡傳來男人們的笑聲。杏子沒看見阿博的身影，便在家中尋找。原來阿博在夜木的房間。

杏子去上學的時候，他們在家裡似乎混得相當熟。看起來不是聊得很起勁，卻像熟稔的朋友，隨性坐著。

「帶阿博出去散散步怎麼樣？」

杏子向夜木提議。她覺得這句話有點家庭的味道。夜木坐在窗邊，聳了聳肩。

「會被當成變態。」

的確，杏子同意。

「令兄的朋友來訪嗎？」

「是一個叫秋山的人，在這一帶無人不知。」

杏子也在房裡待了下來。她講故事給阿博聽，陪他玩瞪眼遊戲。夜木一直望著外頭，偶爾看看杏子和阿博。從窗外照射進來的陽光溫暖了榻榻米，非常舒服。

即使跟夜木交談一、兩句，也不會發展成一場愉快的閒聊。夜木似乎不是會開玩笑娛樂別人的個性，總是很木訥。即使如此，杏子卻不可思議地不會感到沉悶，比起加入秋山他們的對話要自在許多。

房間的紙門被拉開，哥哥探頭進來。看樣子，他似乎繞遍家裡在找杏子。俊一微微蹙起眉，似乎不喜歡杏子和阿博待在夜木的房間。

「能不能去買酒來？」

俊一遞出數張紙幣，杏子接下錢。

「這些錢是從哪裡……」

「是秋山的。」

杏子拜託夜木照顧阿博，離開房間。俊一剛要折回秋山他們那裡，杏子叫住他。

「請秋山幫夜木找個可以工作的地方，拜託。」

俊一點頭。好幾天以前，杏子就跟哥哥提過這件事。

酒販在離家不遠處。杏子用收下的錢買完東西，把酒拿到俊一房間。他們恰恰在談論夜木。

「那個男的是怪人……」

俊一正以插科打諢的方式形容夜木。用繃帶藏住臉，幾乎不到外頭走動，也不肯說明詳細的來歷。俊一半開玩笑地這樣描述。

「原來如此，好像很有意思。」秋山感興趣地探出身子。「他在你們家裡嗎？」

杏子放下買來的酒，隨即離開房間。她莫名有種不安的情緒。她來到夜木的房間，還是一樣一身黑的男人，和五歲的孩子悠閒坐著。他在說故事給阿博聽。

「妳回來了。」夜木說。故事中斷，阿博鼓起腮幫子。

「快點說下去嘛。熊的故事。」阿博這麼催促。杏子納悶著是什麼故事。

「剛才我在跟他說，在深山裡遇到熊的經驗。」夜木解釋。她想，那八成是吹牛的吧。

杏子不安地坐在阿博旁邊，擔心秋山隨時會拉開紙門進來。就算那樣，也沒有哪裡不對，但她怕秋山等人抱著參觀珍奇動物的心態闖入這個房間。

至今為止，夜木表現出來的舉止，讓人感到他近乎病態地害怕別人的視線。杏子不希望無禮的闖入者出現，讓夜木不愉快。

杏子聽著夜木說話，半帶祈禱地希望秋山等人不會進來。

不久後，紙門突然被拉開，哥哥露出臉。「大家說要回去了。」接著，他轉向夜木，命令似地說：「我拜託秋山讓你在工廠工作，他希望從後天上工。聽好，領到薪水後，就要付房租啊！」

工廠位於距離杏子家徒步數十分鐘的地方。廣大的土地四周圍繞著鏽蝕的鐵絲網，每天早上有許多身穿陳舊作業服的工人走進裡面。聽說那裡是在製造掘削機前端使用的金屬零件，夜木的工作是搬運鑄鐵用的鐵礦石。這座工廠會產生大量粉塵，工人的肺很快就會搞壞。杏子非常擔心這一點。

「我不會死的。」

夜木這麼保證，要杏子放心。夜木顯得有點不安，不過似乎不是擔憂身體受損。

夜木待在家裡時，多半還是一樣關在自己的房間。三餐也不例外，若杏子不說什麼，他就不吃，必須把盛著飯菜的托盤端到他的房間。夜木總是表示不需要吃飯，杏子生氣地說「不吃就把你趕出去」，夜木才肯進食。杏子忍不住思忖，她做的菜肴這麼難吃嗎？

第一次前往工廠的早晨，夜木把空掉的餐具送到廚房。看他的眼神，似乎為了第一次上工而變得膽怯。夜木在自己的房間換上前天俊一給的作業服，繃帶還是沒拆下。

「就說臉上的繃帶是為了防止吸入煙霧和灰塵，或者，是為了遮蓋燙傷？」

杏子這麼提議，夜木點點頭。

目送大家出門後，杏子去上學。她一直無法專注聽課，擔心著在工廠的夜木。

他能好好工作嗎？夜木身上有一股獨特的氛圍，看到他的影子，心便會不安地騷動，並為之恐懼，於是在尚未察覺異狀前，就會先嫌惡他。

杏子不曉得夜木為何會具有那樣的氛圍。正是這個緣故，夜木才會在什麼都還沒做之前，就引起不快吧。杏子也不放心這一點。她希望夜木在工廠裡的人際關係能夠順利一些。

杏子回想起大家對夜木抱持的種種情感。

田中正美因夜木經常照顧她的兒子，特別感謝他。祖母也說實際聊過後，覺得夜木其實是好人。哥哥好像不太喜歡夜木。那麼，工廠的人是怎樣呢？

晚上，看到從工廠回來的夜木，杏子總算放心。一般人應該會滿臉疲憊，他的眼神卻像高興的孩子。夜木說，今後應該能持續下去。

夜木開始出門工作後，白天又像從前一樣，只剩下祖母和阿博。阿博每天似乎都很無聊。

一星期過去。杏子早上送夜木、哥哥和田中正美出門後，便前往學校。回家就幫忙祖母，等待大家歸來。杏子過著這樣的生活。

雖然夜木還是話不多，但他會和杏子分享工廠的事。他似乎享受著勞動。他述說的模樣實在太高興，杏子甚至開始覺得工廠是有趣的地方。夜木的同事裡有個眼神凶惡的男人，而夜木正是擔任他的助手。夜木與社會接觸，並回家告訴杏子工作上遇到的種種插曲，讓杏子感到十分幸福。

事情發生在星期六。學校只上半天課就放學，杏子中午回到家一看，阿博一副無聊的樣子。祖母在洗衣服，沒空理他。

夜木還沒從工廠回來。工廠即使在星期六也要工作一整天。

「跟姊姊一起去散步吧。」

杏子向阿博提議。她想順便到工廠去，瞧瞧夜木工作的情況是不是順利。

天氣很溫暖，空氣中卻摻雜著微量粉塵。雖然是幾乎感覺不出的程度，但用手指撫摸窗戶玻璃，就會留下痕跡。陽光照射到大氣中的塵埃，輪廓變得模糊，化成柔和的光線。

穿過住家密集的地區，越過流經郊外的河川後，工廠就在眼前。途中，阿博走累了不肯動，杏子只好揹著他。

那是條石子路。一側是樹林，另一側是視野良好的田地。另一頭看得見一座工廠的煙囪，頂端吐出煙。那不是杏子要去的工廠，這個地區密布著許多工廠。

粉塵模糊的遠方，一棵櫻花樹孤伶伶地聳立著。根部有一尊地藏石像，一個男人走過旁邊。杏子凝目一看，正是夜木。此刻還不到工廠下班的時間。

杏子舉起一手，出聲招呼。她靠近到看得見夜木表情的地方時，發現夜木的眼神十分陰沉，一股不安突然湧上心頭。夜木的神色不對勁，搖搖晃晃，腳步不穩。杏子察覺工廠裡肯定發生什麼狀況。

「今天回來得好早。」

「發生一點不好的事……」

夜木面無表情地說。那雙眼睛，是麻痺一切感情、野獸般的眼睛。

杏子頗為傷心。她不希望夜木露出那樣的眼神，想立刻追問理由，卻又覺得要他說明是種殘酷的行為，無法問出口。

阿博在背上睡著。杏子告訴夜木，她本來打算散步到工廠。並肩回家的途中，兩人沒交談。

他們穿過神社境內，抄近路回家。這是當地知名的神社。境內空氣涼爽，似乎沒什麼粉塵，或許是籠罩周圍的茂盛樹木，靜靜在不潔的空氣中守護神社。仰頭一看，伸展的枝椏形成頂篷，覆蓋天空。他們走過本殿和社務所旁邊，行經石燈籠並排的地方。

杏子想起祭典將從星期二開始，會有形形色色的攤子，許多人都會來參拜神社。她告訴夜木這個消息。

夜木在境內的入口，設有鳥居的地方停下腳步。那是一座鮮紅色的鳥居。

「妳相信世上有神明嗎？」

夜木的眼眸染上一種分不清是憤怒或悲傷的複雜神色。

「我不知道。」杏子納悶地偏著頭，「可是……啊，對了，我想起一件好笑的事。」

「什麼事？」

「小時候，我做了一個神明，並向那個神明祈禱。」

那是雙親還在的時候，杏子、父母和哥哥四個人一起生活。

雙親頻繁地吵架，杏子非常害怕。每當遇上那種情況，她就不想待在家裡，會和剛上小學的俊一到外面，但哥哥總是一個人跑掉。哥哥有朋友，都跟他們出去玩。帶著妹妹會妨礙他們，所以他禁止杏子跟過去。

杏子不得已，只能獨處。然而，就算待在外面，父母的對罵聲還是會從家裡傳出來。她沒辦法遠行，只能蹲在屋子旁邊，心中充滿寂寞。每當有親子手牽著手經過，她都會羨慕萬分。

於是，她會向神明祈禱。附近有神社和地藏菩薩，但杏子做了一個和這些不同的神明。她沒設想神明的形體，也沒思考神的名字和象徵。在這個意義上，很難說是做出神明，祈禱也不曉得傳到哪裡。

逐漸日暮，杏子蹲在家門旁，雙手合十祈禱。希望雙親和睦，希望哥哥對她好一點。杏子幻想著，如果成真該有多好。快樂想像之際，就聽不見父母的爭吵，饑餓和寂寞也消失。

「不久後，父母離婚。我和哥哥歸母親扶養，搬到現在的家。」

夜木什麼都沒說，只是聽著。

杏子覺得自己做出來的神明總是陪伴在她身邊。她的感覺和常人有落差，會不會是這個關係？即使杏子覺得自己只是普通地生活，別人卻認為她太一板一眼。

「不知為何，每次看到有人在咒罵什麼，我就難以忍受。有誰恨著別人、嫉妒別人，我便會呼吸困難。」

可能是雙親不和的緣故吧，杏子這麼想著。

夜木一臉嚴肅，沉默地聆聽。然後，他代替杏子揹起阿博。

回到家，杏子才聽說那天中午夜木向秋山施暴。不是從本人口中，而是從俊一那裡得知。

俊一是直接從工廠的人口中，聽到夜木對秋山的所作所為。

為什麼秋山會在工廠？是怎樣的經緯，導致夜木去攻擊他？沒人完全把握狀況。

白天，秋山帶著井上到工廠。這是很稀奇的情況，不過那是他父親經營的工廠，因此也不是不可能。許多人看見他們的身影。

沒多久就傳來秋山的慘叫。好幾個人連忙跑過去，卻看見秋山的身體有一半幾乎被推進滿是熔鐵的熔礦爐。夜木正要把他推下去。

他們出聲制止，夜木一副忽然回神的表情，放開秋山。一旁，秋山的朋友井上倒地呻吟著。

「看你搞出來的破事！」俊一雙手揪住夜木的前襟大叫，氣得臉色發青。惹秋山生氣並不是件好事，惹到秋山的人，沒一個有好下場。

哥哥原本就不喜歡夜木，這種情緒一爆發，他不禁破口大罵。放開夜木後，他一副碰到髒東西的模樣，甩了甩手。

「介紹你過去的我麻煩大了。」

哥哥打算去工廠道歉。

夜木想要說什麼似地張了張嘴，終究沒出聲。他垂下視線，露出悲傷的神情。

「沒多餘的行李，真是太好了。」哥哥對夜木說。「去找下一個住處的時候輕鬆多了。」

「一定有什麼原因！」

哥哥瞄杏子一眼，無視她的反駁。夜木沒任何辯解，讓杏子更加難過。

隔天是星期日，工廠休息。夜木關在房裡不出來，杏子去探望他。

「在工廠發生什麼事？」她這麼問，夜木卻不發一語，只是默默思考著。「哥哥說的是真的嗎？」

杏子希望夜木否認。她在心中祈禱，希望在工廠發生的暴行是出於某些差錯，但夜木的視線從窗外移開，轉向杏子，冷淡地點點頭。

紙門被拉開了。阿博站在房前，想和夜木玩耍。

「阿博，現在……」

夜木現在應該沒心情，杏子正想替他回話……

一雙手從阿博的背後伸出來，是正美。她驚慌地抱住兒子，對房裡的夜木說：「請你不要再接近我家的小孩。」

她的眼神中帶有責難，抱著兒子上樓，前往二樓自己的房間。在這當中，阿博始終一臉莫名其妙地望著母親。

杏子感到一股心臟被揪緊般的苦悶，夜木只是默默承受旁人充滿敵意的目光。

接著，他開口：「不要緊……我一開始就知道會變成這樣。」

說得彷彿受傷的不是夜木本人，而是杏子。直到這個時候，杏子才發現自己露出快要哭出來的表情。

奇蹟似地，夜木並未遭工廠解雇。星期日中午來了一封電報，要他星期

—繼續去上班。夜木望著那份通知，感到十分困惑。

「為什麼工廠沒開除我……」

星期一早上，夜木去了工廠。

「打起精神，明天就是祭典，一起去參加吧！」

杏子送夜木出門的時候，這麼鼓勵他。祭典是從星期二開始，總共舉行三天。

夜木一半的臉藏在繃帶底下，所以看不太出來，不過他似乎微微地笑了。杏子發現他的眼睛稍稍瞇起。然而，那天晚上，不管杏子再怎麼等，他都沒回家。

杏子詢問在同一家工廠工作的鄰居，他說夜木工作到黃昏，應該早就回來。夜木在工廠算是知名人物，應該不會錯認。

杏子很擔心，向哥哥提議是不是去找找看比較好。

「不用管他。」一俊一不屑地說，又補上一句：「死心吧。」

夜木

我工作的工廠，主要是製作與金屬相關的製品。聽說總公司在別的地方，這裡是分散各地的工廠之一。早上，穿著作業服的人從周邊聚集過來。到了一定的時間，一天兩次，載滿鐵礦的卡車會抵達工廠。

說是工作，不過我做的都是不需要專門知識的簡單雜務。有時候在工廠內灑灑水，拿刷子刷洗，或是搬運裝在大袋子裡的黑礦石。

為了檢查鑄成的鐵的成分，必須切斷這些鐵塊，有時候我也負責拆卸使用過的機械，仔仔細細清洗。這具機械上有個薄薄的圓盤狀砂輪，旋轉並筆直壓到金屬塊上，就能夠削也似地把金屬切斷。切斷的金屬產生的粉末與作業用的切削油，混合成漆黑黏稠的狀態附著在砂輪上。只要一洗，水就會變得黑濁，表面被油膜包覆成彩虹的顏色。切削油的溫熱臭氣，讓人連呼吸都覺得困難。

工廠的工作一開始是很愉快的。身為眾多工作者當中的一名，進行勞動，身體好像成為一個無名無姓的齒輪，自我彷彿消失了。或許這是一般人想迴避的感覺，我卻為此感到平靜。我只想埋沒、消失在多數人之間，這樣就好。

此外，勞動者齊心協力的氛圍也讓我十分喜悅。一開始，看到我的繃帶，工廠的同事都相當困惑。我說明繃帶是「為了掩蓋燙傷」，但他們可能察覺潛藏在我體內的早苗孩子的氣息，露出我始終無法習慣、看著怪物般的表情。

然而，在同一個職場一起工作到把作業服弄髒的勞動過程中，逐漸有人會微笑著對我說「辛苦了」。那一瞬間，我依稀看見救贖。在一直逃避著社會、對融入社會完全絕望的我眼中，這似乎隨處可見的同伴意識就像福音。

住在杏子小姐的家裡，平日在工廠揮汗工作，假日陪伴阿博。我心想，或許我也能夠獲得這種任誰都可以擁有的平凡生活吧。我好想哭。時間啊，請不要再走得更快。我在心中吶喊著。

但我也注意到，我的吶喊將成為徒勞的空響。

那是我開始在工廠工作，過了一個星期的時候。也就是不久前的星期六。

上午，我在小型熔礦爐附近搬運貨物。工廠十分陰暗，天花板頗高，我搬動貨物的聲音在廣大的空間裡迴響。沙塵覆蓋地面，放在角落的鐵板廢料等都生鏽了。說是熔礦爐，也不是多大的東西，直徑大概比我的雙手張開還要小吧。

我一個人在二樓工作，可看到底下的熔礦爐裡赤紅灼熱的液體，周圍只有簡陋的扶手。大家靠近的時候都會很緊張，而且小心翼翼，因此目前為止尚未發生過事故。

熔礦爐裡是個無法想像的世界，望著它，我感受到窺見地獄一角般的衝擊。我目不轉睛地盯著被高溫熔化的金屬，自內部灼亮發光的模樣，既恐怖又美麗。那種高溫拒絕所有的生命，乾脆跳進裡面，或許我也能夠死掉。

實際上，我想過要進入熔礦爐，斷絕自己的性命。但萬一我還是存活下來……一想像起將完全成為野獸的自己，便不敢胡亂嘗試。絕不能連大腦這個靈魂的位置，都拱手讓給早苗。

我默默工作，背後傳來叫喚聲。回過頭，只見兩個男人。

「你就是夜木嗎？」

我點點頭。出聲叫我的人穿著體面，打扮與工廠格格不入。他們對看一眼。我請教他們的名字，叫我的人自稱秋山。這是我第一次見到他，但我知道是託他的福才能夠在這裡工作，於是向他行禮致意。

另一人與秋山形成對比，是個高大強壯的男人。他的臉上帶著冷笑，自稱井上。

「聽說你絕不會拿下身上的繃帶，為什麼？」

秋山問，我支吾起來。

「欸，告訴我理由嘛。讓我看看繃帶底下是什麼樣子，我一個人就好。是很嚴重的燙傷嗎？還是，長相醜得無法見人？怎麼樣？給我瞧瞧。」

我一拒絕，他頓時露出不快的神色。

之後好一段時間，秋山一直拜託我讓他看看繃帶底下是什麼樣子，但我都回絕了。不，站在他的角度，那並不是在拜託，恐怕是命令吧。在他的人生當中，他的命令過去可曾遭到拒絕？我愈是拒絕，他的表情愈是凶惡。

不知不覺中，井上站到我旁邊。秋山對我的態度感到憤怒。起初他還面帶笑容，此刻卻是一副遭受侮辱的神情。

「我為了你安排這樣一個工作的地方，你多少也該感謝一下吧？沒想到你竟然會恩將仇報！」

井上抓住我的手臂，扭了起來。我不禁感到害怕。至今我一直熱切渴望死亡，應該連對生命結束的恐懼都已麻痺。可是，一想到再繼續受傷，身為人類的肉體又會被早苗奪去，我便無法保持冷靜。

我很快理解秋山他們想做什麼。他們打算按住我，窺探我的繃帶底下的面貌。思及他們的行為將引發的混亂與迫害，我一陣焦急。快要獲得不可能降臨在自己身上的平靜生活的時候，體內怪物的獠牙卻將遭到揭露，不得不回到孤獨的世界，我陷入絕望。

秋山的手伸向被架住的我的臉，我奮力反抗。他們在笑。看到我拚命抵抗，他們似乎頗為愉快。

那一瞬間，濁水般的狂暴情緒充塞我的體內，恐怕就是極度的憤怒吧。

不曉得到底是怎麼了，那一瞬間的事，我記得不是很清楚。架住我的男人碰到被燙熱的扶手，反射性地放鬆力道。回過神，我已逃離井上，踢開他。

由於曾摔落懸崖，我雙腳的肌肉組織有些不再是人類的，而是置換成不倫不類的野獸的一部分。新的肌肉組織似乎正感到歡喜。

井上身材壯碩，我的體格並不怎麼好，稍微想想，就知道他不可能被我這種人一踢就退縮，但他竟蜷縮身子，痛苦地倒下。我的體內有著無處發洩的巨大力量。

看到痛苦難當的井上，秋山一臉啞然。我揪住他的脖子，把他吊在熔礦爐上。只要我一鬆手，他就會掉進沸騰的熔鐵當中。我不知為何會做出這種事，寫著這封信，胸口因強烈的悔意而燒灼疼痛。但那一瞬間，秋山哭喊的慘叫聲讓我痛快得不得了，全身湧出近似喜悅的感覺，並且化為力量，讓我能單手吊起秋山。那股力量是異常的。不，不只是力量。真正異常、真正令人嫌惡的，是我的靈魂才對。

秋山的臉脹得通紅，哀求我原諒他。

這時工廠的同事趕過來，我突然意識到自己的駭人舉動。把秋山放到安全的地方後，他和他的嘍囉都露出不曉得發生什麼事的表情，驚懼地望著我。

我被帶到工廠裡職務最高的廠長辦公室。工廠內很陰暗，充滿金屬聲和鐵鏽味，但那個房間鋪有地毯，擺著泛出光澤的木桌和扶手椅。空氣中蕩漾著一絲暖意，讓人覺得此處是工廠內唯一具有人性的空間。不曉得是不是廠長的興趣，牆壁上掛著一排面具。在妖怪與貓的面具當中，摻雜有眼睛細長的狐狸面具。

廠長看起來已是老人，卻堂堂注視著我，指出我做了不該做的事。他的聲音顫抖，聽得出內心的怒意遠遠超過吐出的話語。他的眼神冰冷，輕蔑地望著我。

回家的路上，我遇到揹著阿博的妳。我的表情一定相當恐怖吧。我一直回想抓起秋山時的事。

可怕的是，那一瞬間的我陷入狂喜。想像起秋山掉進熔礦爐裡，連骨頭都融化的模樣，我似乎也露出笑容。秋山的尖叫，聽在我的耳裡就像輕柔的樂聲。只要稍有差錯，或許我已目睹他掉進爐中的地獄景象。

我到底是怎麼了？我不斷自問。

阿博的母親叫我不要再接近她的小孩。平凡活下去的希望破滅，我也被推入永無止境的黑暗。然而，另一方面，我有一種這樣就足夠的心情。

我不是人類。折磨秋山取樂的時候，或許我陶醉在強大的力量當中，覺得自己像打倒壞人的英雄。或者，我只是在享受而已。這樣的我，是不夠格接近孩童的。

我覺得不能夠再去工廠，對方也叫我不用去了。

可是，經過一夜，工廠又通知我星期一繼續去上班。

雖然對平凡的生活已死心，實際上，內心一隅依然存有一絲希望吧。那是祭典的前一天，也不過是前天的事。我去了工廠。那天早上，成為我見到妳的最後一個早晨。

星期一去到工廠，大家都避著我，或露骨地表現出敵意或嫌惡。和我擦身而過時，有人發出嘖舌聲。視線偶然對上，也會被警告「看什麼看」。

我只是默默地，躲避著每一個人的目光工作。這是多麼淒涼的處境啊。無數視線貫穿我的身體，即使在行走之際，我也好想蜷縮起來。

那是在工作時間結束，我正要回家的時候。街上的霓虹燈亮起，工廠排出的煙霧瀰漫，看起來就像罩上一層粉紅霧氣。近在明天的祭典，似乎大致準備完成。

事情發生在一側下方，遍布蘆葦的河岸道路上。

前方的黑暗微微轉淡，我知道後方有亮著燈的車子接近。引擎聲逐漸加劇，我走到路邊。車子應該會從我身旁通過才對。

不料，旋轉的輪胎彈飛沙礫聲逼近背後，正要回頭，身體受到沉重的衝擊。車子的白色燈光覆蓋我的視野，一切都像那道閃光，發生在一瞬之間。

倒地的我的視野中，只見一輛前頭撞扁的轎車停下。車門打開，兩名男人走出來。是秋山和井上。

接下來的經過，我還是不要寫得太詳細比較好。他們對我動用私刑。不，應該是處刑。秋山的雙眼因憎恨染成一片血紅。現在回想，任何人都不能夠責備他們吧。若說這場暴力有什麼原因，無法斷言我本身不是其中之一。在工廠失去自制力，丟臉地失控，引發他們恐懼的不是別人，正是我自己。

車子撞到我，導致全身骨頭碎裂，血流如注，無法動彈。事後想想，或許多虧那些血，秋山他們並未看清我的真面目。最後，他們終究沒解開我的繃帶。

此刻，我才瞭解為什麼即使發生過爭執，他們星期一也叫我照常去工廠上班。他們在窺伺。窺伺著向繃帶男復仇的機會。

踹踢、毆打，最後吐了我口水。疼痛很快消失，但就在秋山那看似昂貴的鞋子跳上我的頭的時候，脖子一帶的骨頭發出奇妙的聲響，我的意識陷入黑暗。

地獄是什麼情景？像熔礦爐一樣，灼灼熔化的金屬滾滾沸騰的世界嗎？黑暗當中，我好像一直注視著微弱燃燒的燭火。我彷彿漂浮在虛空，也彷彿虛空本身就是我。這一刻，我覺得那微弱燃燒的火焰正是地獄的一角，從一絲裂縫中流進我的意識。

我醒了。半晌，我不曉得置身何處。包裹全身的壓迫感，讓我知道被埋在泥土裡。此外，當時的我不曉得離事發經過多久。從寫信的時間往回推算，我似乎被埋在土裡整整一天。

我一直沒呼吸。或者，我已成為不需要呼吸的肉體。我嚥下跑進喉嚨深處的泥土，站了起來。我好像被埋在很深的地方，但站起來並不費多少力氣。

四周是河岸，生長著高至胸口的蘆葦。他們是嫌把屍體搬到深山裡麻煩嗎？不，他們一定是認為不會有人來到這蘆葦叢生的地方，只要把屍體埋在這裡，幾乎不可能被發現。而且，就算一動也不動的我被發現，秋山仍有自信逃脫吧。

奇妙的異樣感支配著我。衣服破裂，繃帶也快掉光。我身上穿的所有衣物，吸入大量的血液染成黑色。

奇怪的是，明明是夜晚，四周看起來卻是那麼鮮明。豎起耳朵，我能數出蟲鳴的數量。簡直像以前被封閉在體內的神經纖維成長到皮膚外側，伸出觸手，覆蓋了周圍一帶。

我望著自己的身體，觸摸、尋找變成可憎怪物的部位。我沒有能力表達當下的絕望，只能朝倒映出月亮的河面尖叫。那一瞬間，或許我已發瘋。

我的頭蓋骨似乎變形了。腦袋與脖子連接的地方變得異常，導致我無法像常人一樣直立。如同狗之類的四足動物硬要站起來，頭部往前突出。

我可憎的新肉體宛若遍布鐵鏽、報廢的鐵屑。這是神明不承認存在於世上，原本絕不該有的肉體。像我這樣的新肉體，真正令人嫌惡、在真實的意義上扭曲的形體，這個世上究竟有多少？

我的肉體看起來就是把人類和怪物縫合在一起，好似地圖上的陸塊。有白色的人類肌膚，也有非人類的部分。我將那些可憎的部位，以同是怪物的手一把抓住，用力拉扯。然而，受傷被替換成怪物的部分，卻完全無法弄傷，連同接縫的人類肌肉一起被拉扯下來。出於恐懼，我一個接著一個撕下化為怪物的部分丟棄。我把變形的臂骨扯掉，把手指拔下，想趕走散發腐臭般的嫌惡感的早苗孩子。

然而，不管我如何撕扯自己的肉體，怪物的身軀仍不斷再生。原本是人類的部分一併被拉扯掉，怪物的部分逐漸擴大。

我仰望天空吼叫，想起開車撞我、毆打我、殺害我的秋山等人的臉。我憎恨得慟哭，發出絕望的號叫直到嘴巴迸裂。那的確是動物的吼叫。秋山拿金屬棒毆打我的頭。那個時候，我的腦袋一定壞了一半，憎恨讓我渴望秋山的死相。血液彷彿被熔礦爐裡的熔鐵替換。我被火焰燒灼，近乎痛切地渴望秋山的心臟。

就在那一瞬間，我的耳朵確實聽見了。聽見了早苗的笑聲。現在回想，那八成是幻聽。我應該不知道早苗的聲音。奇怪的是，遭憎恨俘虜的我，毫無來由地確信那就是早苗的聲音，不僅如此，還不覺得有絲毫不對勁。

我決心去找秋山，但我不知道他的所在，又不能回去妳的家，也無法詢問任何人。

驀地，我想起處決我的另一個人——井上。他在工廠的時候，還有處決我的時候，脖子上都掛著一條銀色項鍊。那其實是個反射出光芒的銀色十字架。

不久前，杏子小姐曾告訴我，妳朋友打工的酒吧裡的店員，都戴著銀色的十字架項鍊。

我記得妳的話，知道那家店的名字及大概的位置。那天夜裡，我先到那家店去，逮住井上。

四

夜木

即使對殺害我的人們吐出詛咒的話語，我胸口的羞恥心還是想要蔽體的衣物。我非常清楚地認識到自己改變了一半以上的肉體，在別人的眼中就是個怪物。這是我僅存的人類部分，唯一的顯露吧。

踏上市街前，我先到工廠。我想起平常工作的地方，有一塊棄置的大黑布能充當衣物。

明明是夜晚，街上卻熱鬧無比。現在回想，當時似乎是連續三天的祭典首日。我選擇沒人的道路，一察覺腳步聲便匿跡隱形。我的聽覺變得更加敏銳，遠遠就能夠分辨出腳步聲。

前方和後方都有人走來，情急之下，我跳到房子的屋頂上。不知不覺中，我已辦得到這種事。屋頂有我身高的三倍，我卻像爬樓梯一樣，瞬間跳上屋瓦。我的身體到底怎麼了？就算是遠處的屋頂，我也能如同跳過細小的裂縫般移動過去。

全身因破壞本能而抽痛，想啜飲人血。接二連三泉湧的力量，讓我覺得甚至能跳上空中的月亮，抓住星星。

夜晚的工廠空無一人，偌大的土地沉浸在一片寂靜中。

我找到想要的布塊，像外套一樣披在身上。工廠裡有鏡子，我確認自己的臉，卻映出一張完全無法想像的半獸的臉。妳做過自己的臉崩坍碎裂的夢嗎？平常的話應該會驚醒，然後在被窩裡伸展倦怠的身體，慶幸只是一場夢，安心地嘆息吧。但我的惡夢永無休止，扭曲不成人形的面孔成為現實，並且會不斷變形。唯一幸運的是，沒人聽見迴盪在工廠內的恐怖號叫，前來一探究竟。

我把鏡子砸得粉碎，為了藏住可能連神明都不忍卒睹的臉，偷走掛在廠長辦公室裡的狐狸面具。雖然有其他種類，我卻選擇這張臉。當中有著少年時代雕刻狐狸面具時的記憶，並不是什麼不可思議的舉動。

面具是木製的，眼睛的部分開了洞。狐狸的臉塗成白色，只有眼睛一帶畫上一圈鮮紅色。我的雙眸在黑暗中也看得一清二楚，所以我把房間的電燈關掉，避免讓人發現。塗在面具上的漆的光澤，反射出從窗外溜進來的月光。我將繩子綁在頭上，覺得自己既非人類，也非早苗派遣到地上的怪物，而是成為一個無名的存在。以狐狸面具遮掩臉孔，拿黑布隱藏身體，我在那天夜裡，究竟成了什麼人？

我離開工廠。夜色淺得還不足以稱為深夜，街上聚集許多人，呈現熱鬧的景象。大馬路上並排著攤販，我看見一臉高興的孩童拉著母親的手，其中也有戴著貓或狗的面具的小朋友，或是變裝成七福神的藝人身影。

我在磚造的高聳建築物上俯視喧囂的人潮。藍色和粉紅色的霓虹文字高掛在屋頂上，時明時滅，照亮狐狸面具。很快找到妳告訴我的那家酒吧「羅莎利亞」，就在正面的建築物一樓。

我挑選無人的小路跳到地面，不理會人們的視線，朝店裡前進。錯身而過的人最初的一瞬間雖然睜大眼睛，但或許以為我是賣藝的人之類的，並未發出尖叫。

我推開時髦的店門進去，聽見外國歌曲。裡面有吧檯，另一頭的櫃子上陳列著瓶裝洋酒。我確認店員的脖子上掛著銀色十字架。客人吃驚地轉頭望向我。

我無視於制止聲，朝店內前進，看見一張認識的臉。是穿著店員制服的井上。

連短短的三十秒都不到吧。留下尖叫聲和玻璃碎裂聲，我抓住恐懼得整張臉扭曲的男人脖子，消失在夜晚的黑暗中。

我在黑暗中問出秋山邸的位置。一表明我就是遭他們殺害並掩埋的夜木，井上便一臉慘白，立刻招供。

我想起受到處刑時，秋山臉上露出的笑容，全身便燃起憎恨之火。雖然想乾脆殺掉眼前這個男的，但把憎恨全部發洩在秋山身上，應該會更加喜悅。因此，最後我沒奪走井上的性命。

但現在寫著這封信，我對自己厭惡得想吐。我不會寫下詳情，但瘋狂的報復心和擁有力量的傲慢，讓我對井上做出極為殘酷的事。我在井上的身體留下無數傷痕。過程中我無比歡喜，像孩子般哼著歌。如今，一想起當時的行徑，我甚至後悔沒自斷性命。

我丟下暈過去的井上，前往秋山家。

秋山家位在遠離鬧區的地方。那裡有許多上流人士居住的豪華建築。當時夜已深，沒人在外頭行走。祭典的第一晚結束，街上十分寂靜。但縱使街上依然熱鬧，閑靜的這一帶應該也聽不見太鼓的敲擊聲吧。

秋山邸確實就在那裡。內側懷抱著廣闊的庭院和宅第，土地四周圍繞著一道圍牆。我越過圍牆，穿過庭院。宅第的燈火熄滅，聽不見人聲，屋子裡的人都入睡了。秋山家的家族成員、屋內隔局，我什麼都不知道，根本不清楚要找的人睡在哪裡。因此，我必須踏入屋子，查看每一個房間。

每當要打開紙門，月光便將我的身影映照在門上。大半的房間都沒人，不過也有鋪著被子的房間。我確認正在沉睡的臉孔，淨是不認識的人。

那是秋山的弟弟嗎？我打開一個幼小的少年睡覺的房間紙門，他敏感察覺到我的氣息，揉著眼睛爬起。我在面具前豎著食指，要他安靜。月光下他似乎看得見我的模樣，露出彷彿還在做夢的表情點了點頭。即使關上紙門，少年也沒發出叫聲。

我要找的房間，就在屋子的裡側。我在被窩裡發現那張在工廠看過的臉，高興得全身顫抖，口中不知為何溢滿唾液。我的下顎骨頭歪曲，牙齒形狀也變得怪異，以致無法緊緊闔上嘴巴。唾液從唇間溢出，沿著狐狸面具的內側滴滴答答地淌到榻榻米上。

秋山沒發現拉開紙門進來的我，半張著嘴巴，置身於夢鄉。我在他的枕邊跪坐，半晌之間，只是凝視著那張睡臉。那是種不可思議的感覺。接下來要掐他的脖子嗎？還是挖出他的眼珠？我思考著種種方法。即使如此，眼前的男人依然什麼都沒察覺，發出幸福的鼾聲。實在滑稽，實在愚蠢。

不一會，我把手伸進秋山微張的口中，用扭曲的食指和中指挾住他露出的白色門牙。要使力拔出，簡直是易如反掌。

秋山從睡夢中醒來。他痛得雙眼圓睜，在被窩上打滾，彷彿連呼吸都困難，一絲悲鳴也沒發出。

如果有永遠的牢獄，我會主動踏入吧。望著痛苦不已的秋山，我不禁笑了。

他發現我坐在旁邊，停止在床鋪上翻滾。但他似乎沒辦法爬起逃走，只是面對著我，在榻榻米上挪動臀部，逃到角落。

他的恐懼如棉花糖般甜美。更悲慘地竄逃吧！然後，發出丟人現眼的尖叫愉悅我吧！我在心中這麼吶喊，盡情享受著。

我丟掉兩根手指搓弄的門牙，起身抓住他。

「你殺了我，記得嗎？」

我把狐狸面具貼在他的臉頰上出聲。秋山一陣驚懼，困惑地望著我。

「你很想看我的真面目吧？我現在就讓你瞧瞧。」

聽到我這麼說，他似乎醒悟到我是誰。他的尖叫聲是那麼悅耳，潛藏在我內心暗處的野獸歡喜無比。

他掙扎著想逃走，於是我抓住他的下巴，強迫他轉向我。

妳曾捏碎凝固的泥土嗎？輕輕觸摸感覺像石頭，但只要稍微用力，便會應聲破裂，變得粉碎。

秋山的下巴就像那樣破碎了。他發出宛如青蛙被踩死時的叫聲。

我心滿意足。然後，我迷上捏碎骨頭那種有趣的感覺。我抓住秋山的右手，仔細觀察他的食指。纖細柔軟的指腹，渾圓的指甲。我輕輕壓迫那些地方，品味穿過其中的骨頭觸感。我徐徐增加壓力，到達某個臨界點，骨頭便「啵」一聲爆裂。

接著，我用力握緊他的中指和無名指，傳來骨頭碎裂的觸感。定睛一看，手中只剩下一根鮮紅柔軟的肉塊。原本是兩根的手指從兩側被壓碎，黏成一根。

我從手指的骨頭開始，一根根照順序慢慢捏碎，讓他飽嘗痛苦。

秋山瘋狂揮舞手腳，但我不放開他。再也沒有比那張滿布淚水和口水、懇求著我的臉，更令人愉快的事物。

我聽見有人跑過來，於是抓住他的脖子去到外面，爬上屋頂。秋山邸的屋頂很大，我想像著他的血液化成濁流，流遍屋瓦的情景。

秋山幾乎要失去意識，每當他快暈厥，我就笑著鼓勵他「加油」、「不要輸給疼痛」。

不久後就沒有可供捏碎的手指，手腳和肩膀也全被我弄壞，於是我想到要剖開他的肚子。我將疲於懇求饒命、露出空洞眼神的秋山橫放在屋瓦上，扯開他的衣服，露出肚皮。秋山浮現在月光中的白皙腹部，是多麼平坦啊。

想像起塞在內側的新鮮內臟，我的心似乎無比歡喜。

我打算用指尖——我尖銳的爪子，割開他的肚子。那是少年的我，雕刻狐狸面具的過程中被鑿子削掉的指尖。我把爪子的前端稍微刺入他的皮膚。一顆紅色血珠在白色肚皮上膨脹，化為一條線流了下來。接著，只要像用菜刀剖魚肚一樣，劃一下就行。

此時，秋山發出微弱的呻吟。

「神啊……」

我懷抱不可思議的心情，聽著這句話。那聲音好似來自千年之遠的吶喊，微弱到極點。他的下顎已毀壞，不知為何，只有這句話清清楚楚傳進我的耳朵。

以秋山這個人而言，這是多麼令人意外且不自然的話語啊。關於秋山，我所知不多。但從他對我露出的刻薄笑容，及知道我惹他生氣時，令兄狼狽的模樣，不難想像出他大概的形象。他不是那種會仰賴神明的人。

我忘了要割開他的肚子，於是望著頹軟無力的他。牙齒被拔掉，碎裂的下巴上那可憐的嘴唇染得鮮紅，血泡從嘴角流下。

原本血脈沸騰的身體急速冷卻。不曉得究竟是什麼原因，是我僅存的人類部分嗎？這或許是神明給予我的唯一一次的救贖。我內心的某處聽著秋山的呻吟。他咒罵神明似地叫囂著，我卻產生一種不可思議的困惑。

神明究竟是怎樣的存在？這是身為已死之人的我離家的少年時代起，就多次思考過的問題。若是一時興起，或為了消磨時間而把我變成怪物的東西存在，相對地，也必須有散發出聖潔光明的東西存在才對。然而，無論我多麼長久尋求，並冀望依靠那樣的事物，卻從未感受過一絲光明。

秋山的嘴裡呢喃著那個東西的名字，我彷彿當面被掌摑。他也依賴著神明。他的內心究竟發生什麼事？因加諸全身的痛苦而意識朦朧的同時，他正懺悔著殺害並掩埋我的罪行嗎？這和同樣需要神明的、小時候的妳是一樣的嗎？聽著雙親的對罵聲，靜靜待在家門旁的妳，與出於憎恨而輕易殺人的秋山，為什麼知道相同樣的話語？

受巨大的力量支配，淪為污穢動物的我，環顧四周。高掛夜空的月亮，冷冽的光芒照亮放眼所及的所有屋頂。我此時的不安，有如初次被丟到這個世界。夜晚空氣的冰冷滲入我的肌膚，至於聲音，唯有那聽見尖叫聲趕來的人群的喧嚷，從屋子底下依稀傳來。

驅策我的憤怒在不知不覺中消失。不，在不久前，就不見了吧。一直以為是憎恨驅策著我，其實不是的。

一塊塊破壞秋山的骨頭，我的心中有憎恨的情緒嗎？存在於那裡的，只有單純的狂喜吧。我像是玩著玩具，在遊戲中傷人。這真的是復仇嗎？於是我發現，並非「復仇」這種人類的行為，只不過是野獸在欣賞人體壞掉罷了。

世界彷彿崩潰了，我看見不斷墮入深淵的自己。不知不覺間，我遺忘憤怒與憎恨這些人類的情感，成為一頭只知道在破壞中獲得歡愉的野獸。神啊——只有這句話不斷在我心底反覆重播。沉睡在體內的破壞衝動，是多麼罪孽深重啊。我仰望天上的明月，祈求原諒，然後不得不這麼問：我屬於哪一邊？我是人嗎？還是別的生物？

我抱著一息尚存的秋山下了屋頂。好幾個人聚集過來，看到我都露出驚愕的表情。我把秋山放在地上便離開。

一回過神，我已佇立在工廠的黑暗當中。我的指尖沾染秋山的血，破壞他的骨頭觸感依舊清晰。非常感激工廠內的寂靜，我背靠生鏽的金屬管，靜坐良久。腦海浮現的盡是秋山痛苦呻吟的模樣，及望著他笑的我。那種可說是體內非人之心的殘酷，是多麼駭人啊。這是早苗灌輸到我腦中的嗎？或者，一開始就存在於我心中？

我進入廠長辦公室，拿走白紙和鉛筆。至少，我得向妳說明這具被詛咒的身體。然後，我必須向妳懺悔。出於這種心情，我開始寫下自己的遭遇。在過去，我預想得到有這樣向別人坦白的一天嗎？

連寫字這個習慣，我都幾乎快遺忘。剛開始寫的時候，我拿著筆的手是多麼不安定啊。光是寫下最初的一行，我就不知道猶豫多久。但我才將思緒寫成數行的文章，接下來就有如行雲流水，心境轉化為文字。到了人們來到工廠的時間，我便移動場所繼續書寫。太陽在空中一巡之間，我喚回少年時期的記憶，想起流浪的孤獨，並懺悔著暴力的罪行。

杏子

夜木在星期一的夜裡消失後，過了兩晚。星期四，祭典的最後一天。杏子想著夜木，只是靜靜在家裡等他回來。

依稀傳來祭典的喧嚷聲。杏子的家在穿過攤販並列的大馬路後側。太鼓聲和笛聲從空中遠遠地傳來。家裡只有杏子一個人，其他人都走到路上，觀賞藝人跳舞了吧。

杏子有一種不祥的預感。她聽見不好的傳聞。

據說前天深夜，睡在家裡的秋山遭人襲擊。雖然勉強保住一命，傷勢卻非常嚴重，現在依然陷入昏迷，還未回到現實的世界。根據看到犯人的人描述，犯人的容貌為面具覆蓋，散發出完全不像人類的詭異瘴氣，輕易跳過約有一個人高的圍牆，消失在黑暗當中。

不止如此。昨天在祭典上，杏子和在酒吧工作的朋友碰面。她一手拿著棉花糖，提到某個事件。

星期二晚上，在朋友上班的店裡，出現戴著狐狸面具的人。一名同事遭那怪人帶走後消失了。今天早上，那名同事被人發現昏倒在橋下，模樣慘不忍睹。指甲全拔除，頭髮也硬扯掉，全身遍布細線狀的傷痕，看起來像受到釘子般的尖銳物體弄傷、折磨。那名同事似乎已恢復意識，卻還無法正常說話。

「那個人怎會變成那樣？」

杏子提出疑問，朋友也感到納悶。

「不曉得耶。不過，那名同事跟秋山很親近，警察懷疑是這個緣故。可能是對秋山懷恨在心的人下的手。」

聽見認識的名字，杏子吃了一驚。朋友應該不知道杏子的哥哥和他們很熟。

「杏子也知道吧？秋山和井上這二人組。被害者就叫井上。他會向別人炫耀和秋山做過的壞事，是個討人厭的傢伙。可是遇到這種情況，又讓人覺得他有點可憐。」

身在祭典的喧囂中，杏子卻覺得四周的聲音彷彿消失了。胸口騷亂，一股莫名的不安侵襲而來。她無法置身事外地說「社會上危險的事真多」。她無法純粹為認識的人遇襲的不幸感到悲傷，或對驅使犯案者做出殘忍行為的人類情感黑暗面產生恐懼。她不知道為什麼，突然想起銷聲匿跡的夜木。

突然間，傳來敲門聲。

杏子中斷思考，應著「來了」，前往玄關。經過廚房側門的時候，隔著磨砂玻璃，她看見站在玄關另一頭的黑色人影。杏子拉開門確認是誰，只見一張狐狸面具。一個全身包裹著黑布的人站在那裡。

杏子瞬間瞠目結舌，彷彿現實世界開了個洞，掉進裡面。狐狸背對外頭的明亮，擋住了玄關。他背後的馬路上，幾個精心打扮的女子發出笑聲經過。

杏子很快察覺這個人是夜木。她記得狐狸面具後方，那任意生長的頭髮。除此之外，還有即使想隱藏也會散發出來、訴說著他內心深沉黑暗的氛圍，那已成為一股過去完全無法相較、令人眩暈的不祥力量。

「請問……鈴木杏子小姐在家嗎？」

來人語調毫無起伏地問。不是以前的嗓音，而是皸裂、有如空氣震動金屬管般的聲響。

「我就是杏子。」

杏子一邊回答，發現夜木的態度彷彿是初次見面。不曉得夜木為何這麼做，但杏子推測夜木身上可能發生悲慘的事，導致他躊躇退縮、無法面對面交談。以狐狸面具和黑布偽裝，恐怕也是想以別人的身分與她對話吧。

「名叫夜木的人託我把這個交給妳……」

他從懷裡取出紙束。稿紙上寫滿細小的鉛筆字，杏子收下。是信嗎？以信來說，量非常多。

紙張的表面有血附著的痕跡。杏子注意到包覆在他手上的繃帶染血泛黑。她腦袋混亂得幾乎要暈厥。那是誰的血？他身上究竟發生什麼事？杏子想要追問，一時之間卻發不出聲。

好一陣子，狐狸默默凝視杏子。但他隨即轉身就要離去，杏子慌忙挽留。

「勞煩您送東西來，請到家裡聊一聊好嗎？」

瞬間，狐狸露出猶豫的模樣，接著點了點頭。

跟當初見面的時候一樣，杏子帶他到裡面的房間。就是夜木住過一段時日的那個房間。

兩人面對面跪坐著。這麼一看，便看得出對方的身體似乎有些扭曲變形，背部像貓一般弓起，脖子的連接處渾圓地向後彎曲。杏子不曉得他為什麼會變成這樣。

時間在狹小的房裡靜靜流逝。說到四周的動靜，只有偶爾乘風傳來的祭典喧囂聲，就連那些也像是發生在另一個世界的事。窗外的亮光，反而更讓人注意到房裡一片陰暗。

「夜木過得好嗎？」杏子裝作不認識眼前的男人。「幾天前他突然不見，我一直很擔心。」

「妳最好不要再掛心他的事。」

話聲裡不帶一絲感情。

「這些紙束，是夜木寫的吧？你是在哪裡認識他？」

「我從很久以前就認識他。」他回答，頓了一下才繼續：「妳知道秋山這個人嗎？」

他說明秋山在前幾天夜裡被人襲擊的事。他想瞭解後來怎麼處理，及秋山是否保住一命。

雖然杏子只從哥哥那裡聽到一點消息，但她說出知道的一切，還有昨天朋友告訴她的話。然後，杏子確信傷害他們的，正是眼前這個人。

「為什麼要襲擊秋山？」

狐狸並未否認，無言坐著。房間的空氣中瀰漫著緊張。

狐狸面具上眼睛的地方開了兩個洞。受狐狸面具細長的眼睛混淆，乍見之下，看不出來。杏子從那兩個洞穴裡，感覺到她熟悉的夜木那雙寂寞的眼睛。

就在這個時候，她理解了一切。夜木為傷害他人而苦。他後悔、苦惱，即使以狐狸面具掩飾，即使聲音改變，杏子也知道他在心中像孩子般哭泣。她看得見夜木被丟棄在黑暗裡，孤單徬徨的模樣。

杏子感到十分悲傷，胸口彷彿被揪緊。即使如此，說出口的卻是見外的客套話。

「這麼一提，我跟夜木約定要一起去看祭典。」

為什麼非得裝成別人不可？如果能一起哭泣，那該有多好。隱藏感情，裝成陌生人交談，多麼令人悲傷啊。

狐狸晃動身上的黑布，站了起來。

「我得走了。」

杏子想，如果他離開，可能就再也見不到面。為了逃避離別的悲傷，夜木才裝成陌生人嗎？

「請讓我送你到祭典舉行的地方。」

杏子說，狐狸點頭。她在玄關套上草鞋，一起走在路上。

風帶來工廠的煙，遠望一片模糊。沿著穿過建築物之間的小河，櫻花樹散見在各處。是從祭典回來的人群嗎？他們與手裡拿著麥芽糖和棉花糖的孩子，及插著紅色髮飾、身穿和服的女子擦身而過。大家都好奇地望著戴狐狸面具的男人，但有些人還是表現出嫌惡的態度。

接近大馬路的時候，傳來熱鬧的氣息。河川的流水聲與孩子的歡笑聲混合在一起。攤販散發出的小吃香味變得鮮明。過去，杏子可曾對這種甜蜜的氣味心生怨恨？它告訴杏子，離別的時刻逼近。

杏子問走在旁邊的狐狸：「我為夜木做的，真的是好事嗎？」

他不解地歪著頭。

杏子像在話家常，不帶感情地說下去。

「替他找工作、送他去上班，他卻被大家討厭，終於消失。淨是些壞事。要是我什麼都不做，放任他去，他應該會平安無事。為什麼會變成這樣？我真的是討厭起自己來了。夜木他一定十分怨恨我吧。」

無法哭泣，讓杏子難受極了。要是聽見充塞在她胸口的哭泣聲，眼前的人一定會摀上耳朵吧。

「當然是好事。」對方開口。「雖然夜木無法親自告訴妳，但如果他見到妳，一定會這麼說：『妳賜給我的生活，是多麼燦爛啊！』」

杏子停下腳步，他也停止前進。

「那麼，要是我遇到夜木，一定會這麼問：『真的？可是，我什麼都無法為你做不是嗎？』……」

狐狸搖頭。

「夜木想必會如此回答：『妳不是教給了我，我是個人類這件事嗎？而且，妳傾聽我的話，和我並肩行走。為我這個沒有任何生物願意接近的人著想，還為我哭泣。像妳一樣為他人哭泣的，能有多少人？』他一定會這麼說的……」

杏子忍住不哭。

「『謝謝……夜木，我不會忘記你的。』」

兩人來到攤販並列的熱鬧大馬路。他們在轉角停步，望著人潮好一陣子。有人前往神社，也有人朝反方向走去，每個人都露出快樂的表情。分不清是花瓣還是彩紙的華麗物體，在空中飛舞。前方走來吹奏著笛子、擊打太鼓和舞蹈著的一群人。

狐狸再次回頭，邁出腳步。他橫越熙來攘往的人潮，黑布包裹的背影消失在走近的吹笛者和太鼓演奏者當中。隊列通過後，已不見狐狸的蹤影。那情景猶如夢境。

夜木

出乎意料地，成了一封長信。再寫上一段，我就會停筆，去向妳道別。

此刻寫著這些，支配著我的腦海的，是今後該如何活下去的問題。以我現在的形姿，要與人比鄰而居是不可能的吧。棲宿在我體內的污穢動物氣息，會使人陷入混亂，從內心的暗處勾引出負面的情感。

本來，一死了之，任其腐朽歸土是最好的解決方法，但早苗的孩子絕不會瓦解散去。今後我將帶著這具扭曲的身軀，活在永恆的時間裡嗎？這是我自問過無數次的問題。每當自問，我就對不得不走上的黑暗未來，發出絕望的嗚咽。在無人的深山，或森林的暗處，我不得不與孤獨相伴。動物都會出於本能避開我吧。就在日出日沒當中，或許人類將會從地上消失，縱使如此，我還是必須一個人活下去嗎？孤獨也好、絕望也罷，我以為都已飽嘗，卻絕不會產生耐性，只能任由其侵蝕我的靈魂。

我的心中宛若地獄。然而，即使在乍見完全黑暗的地方，神明也隱藏著希望。即使是對我這種不見容於世上的存在，神明也準備了小小的救贖。在無止境地墮入無底的虛無黑暗當中，我勉強觸摸得到那道光芒，簡直是奇蹟。神明的慈愛，是多麼溫暖啊。

那是我淪為野獸，傷害秋山肉體的瞬間。為暴力恍惚，陷入瘋狂的野獸之心，到底是被什麼力量阻止？穿過我的胸口，拯救秋山的性命及我的心靈的神聖力量，真面目究竟是什麼？

那一瞬間，洋溢在我胸口的，是少年時代的回憶。雪花覆蓋地面，一片雪白的大地多麼美麗，祖母種出來的白蘿蔔又是多麼可口。和朋友一起釣鯽魚的小河川，不曉得還在嗎？父母牽著我的手一起去的照相館，現在仍開著嗎？

不，不只是故鄉的過往。和杏子小姐、老奶奶、阿博一起度過的短暫時日，是多麼安詳。妳有如和睦的親姊弟般，為阿博講述故事的情景，正是讓化為野獸的我重回人類的關鍵。

我在令人幾乎發狂的漫長時間裡流浪。今後，我也必須永遠和孤獨相伴。

然而，妳是否發現，妳對我說過的每一句話，就像照亮黑暗的一盞明燈。每一句平凡無奇的話語，都是這樣溫暖我的心。

每當想起竭力把我當成一個人對待的妳，我就不會忘記自己是一個人。即使身處無盡的永恆黑暗，關於妳的記憶也一定會成為一道光明，將我從迷惘中救出。

此刻，我誠摯地寫著這篇文章。

杏子小姐，我深深感謝妳，賜給倒在路邊的我一絲慈悲。妳親切地想為我安排一個棲身之處，那份體恤讓我不得不為妳獻上祈禱。

我曾是祈望永恆的生命，使家人悲傷，又傷害了他人的愚昧小孩。

在往後漫漫無盡的歲月裡，我會懊悔著自身的罪過，終究無法忍受痛楚，只能仰望夜空吧。但那個時候，妳的溫柔一定會拯救我，一定會撫慰我這頭悲傷野獸的孤獨。

如果我是個人，我想永遠待在妳的身邊。再見了，謝謝，願意觸摸我的人。

解說　希映

很普通的人與不平凡的故事

相傳兩千年前，秦始皇派人出海尋找長生靈藥。一千年前的埃及人相信只要將屍體製作成不會腐敗的木乃伊，靈魂便可回到肉體棲身復活。而日本怪談中，相傳吃人魚肉會變得長生不老。千百年來人類追求「永生」的歷史與傳說，演變爲創作的養分，不斷被電影、小說應用，作品中變化出各種不死者的形象，及人類面對永生這個誘惑時採取的不同行動。

如果有機會讓你不老不死，你願意接受嗎？

奈特莉・芭比特（Natalie Babbitt, 1932～）的少年小說《永遠的狄家》（Tuck Everlasting, 1975）中，那名發現長生不老祕密的少女丁葳（Winnie）並未選擇喝下魔法之泉，與心儀的狄家男孩一家人永遠活下去。放棄與所愛的人永遠在一起，只因她知道在永生的美好幻象背後，狄家人怎樣躲躲藏藏、隱姓埋名地離群生活；她知道他們是如何躲在遠處看著未選擇永生的家人過世，唯有彼此寂寞又痛苦地苟活著。

懷疑自己的存在價値，懷疑自己是不是他人認識的那個人，懷疑自己還是不是人類。伴隨永生而來的悲哀，是絕望的孤獨。所愛的人將死去，而自己並非活著，只是存在。

夜木不像丁葳有機會看到不老不死者過著怎樣的生活，也沒機會思考，駭人聽聞的永生變化方式便悄悄降臨。〈天帝妖狐〉一開始由「我」述說的少年時代往事，便令讀者產生「這樣下去好像會有什麼事發生」的緊張感與懸疑性，並隱隱有夜木將成爲異物、獲得永生的預感。

故事在夜木與杏子這兩個交錯敘述的視點下展開，前者由遙遠的過往回憶談起，一步步深入起始的狐狗狸大仙之謎。變化過程逐漸明朗的同時，明明是在日常中發生的故事，卻透出非日常的詭異不安氣氛。當夜木之章的時間追上杏子之章，讀者得以發現兩人時間上的落差與無情的眞相。活在永恆的時間當中，夜木得到的是受詛咒的殘酷絕望。

狐狗狸大仙與錢仙、筆仙之類的遊戲原理相似，日本七〇年代曾相當盛行。步入八〇年代後逐漸退流行，而九〇年代前期日本出現怪奇、靈異研究學熱潮，出現不少與狐狗狸大仙相關的研究文獻(註1)。當時的乙一與夜木的少年時代歲數相仿，這篇既絕望又哀傷的鄉野奇譚，或許跟乙一本身的見聞有關。將一般人視爲神怪之談的狐狗狸大仙，與永生、孤獨與救贖相結合，乙一對現實的描寫力與獨特的幻想力，及如何將故事中的恐怖、驚悚或哀慟等情緒傳達給讀者，在〈天帝妖狐〉中可看出一二。

夜木懷疑自己已不是人類，卻又渴望自己是人類。那個渴望鮮血與殺戮、無法控制的另一個自我，到底是人類還是野獸？乙一模糊了人與非人的分界，夜木這個角色的強烈反差、與山羊同音的名字(註2)，讓善惡更難以一分爲二。夜木駭人的形體與不祥的氣息，在在顯示出他是非人的、異物的、像是惡魔的存在。然而，山羊也是純潔的贖罪牲品與替罪之身(註3，請見下頁)，夜木就像是人類的替身，承擔狐狗狸大仙的詛咒，並孤伶伶地被驅逐至無人之處。

與孤獨的「永生」相呼應，在乙一筆下，「排斥」是很常出現的故事內在衝突。也許是其他人欺負、排斥主角，或是主角拒絕與外界接觸，而主角

註1：如《狐狸附身的科學—那時發生了什麼？》（高橋紳吾.東京.講談社.1993）、《「狐狗狸大仙」與「千里眼」—日本近代與心靈學》（一柳廣孝.東京.講談社.1994）。

註2：兩者日文發音皆為YAGI。在惡魔學研究中，有數個惡魔與山羊有密切關係，例如山羊頭的巴弗滅（Baphomet）、山羊之神阿撒瀉勒（Azazel），以及有著山羊的下半身與長尾的地獄宰相羅弗寇（Rophocale）。

如何在此衝突下成長、尋求與世界的相處之道，便是乙一作品中不斷提出的疑問。

〈天帝妖狐〉中，杏子覺得自己與朋友格格不入，夜木則因永生而與世界互相排斥。兩人由生疏到心靈相通，藉由彼此的溫暖重新摸索如何與世界相處。雖然結果不盡快樂美滿，但在這個世界中，夜木如此非現實的遭遇所能得到最棒的拯救，就是擁有對杏子的回憶。在平實日常的背景與平淡不加雕塑的言語下，夜木與杏子的羈絆成了彼此的救贖。最後一幕，不僅是夜木表達深切的感激，杏子也獲得救贖；從與人疏離、找不到自我存在意義的徬徨中，尋回所謂人的價值。

眼前所見的事物表面有幾分可信？人與非人、善與惡，並非如黑白兩色般涇渭分明，不僅在〈天帝妖狐〉中如此，〈A MASKED BALL—以及廁所的香菸先生的出現與消失—〉中的匿名塗鴉、裝成文雅好學生的宮下昌子，甚至是V3的眞實身分，皆彷彿述說著表裡都只是事物的片面，唯有表裡結合，才能還原事物的本來面目。

〈A MASKED BALL—以及廁所的香菸先生的出現與消失—〉是令京大

推研社出身的推理作家們大感驚嘆的優秀推理小說。在學校廁所的馬桶間牆上出現「不可塗鴉」這般自相矛盾的塗鴉，一件日常生活中的事件稍稍脫序發展後，竟演變成充滿惡意的攻擊事件。犯人是誰？爲什麼要這樣做？乙一巧妙設下多重誤導，製造出「每個人物都有嫌疑」的氛圍，而伏筆其實早就大剌剌地攤在讀者眼前，每個橋段都有意義，沒有不必要的描述。緊張的局面與舒緩的節奏，及懸疑感的掌控，每個環節都紮實地構成故事的一腳。

一九九八年，《天帝妖狐》初次出版時，乙一在書中這麼介紹自己：「練習打文書處理機而寫的小說受到稱讚，成爲小說家。明明寫的是恐怖小說，卻不怎麼恐怖，獲得附近鄰居的好評，其實是很普通的人。」

如此綻放異彩的乙一說自己是普通人，看來，普通人與天才的分界也被他模糊了。

註3：舊約聖經利未記第16章中說明祭司該如何把一頭公山羊獻給上主作贖罪祭，並將人民的罪過與邪惡之事轉移到另一頭歸給阿撒瀉勒的公山羊頭上，再把牠趕到曠野去，罪惡就會被帶到無人居住之處。

本文作者介紹

希映，推理小說愛好者。

乙一
Otsu
Ichi
作品集

02

天帝妖狐

原著書名＝天帝妖狐
原出版者＝集英社
作者＝乙一
翻譯＝王華懋
責任編輯＝李季穎（初版）、陳盈竹（二版）
行銷業務部＝徐慧芬、陳玫潾
編輯總監＝劉麗眞
總經理＝陳逸瑛
發行人＝凃玉雲
出版＝獨步文化
城邦文化事業股份有限公司
104台北市中山區民生東路二段141號5樓
電話：(02) 2500-7696　傳眞：(02) 2500-1967
發行＝英屬蓋曼群島商家庭傳媒股份有限公司城邦分公司
104 台北市中山區民生東路二段141號2樓
讀者服務專線：(02) 2500-7718；2500-7719
24小時傳眞服務：(02) 2500-1900：2500-1991
服務時間：週一至週五上午 09:30-12:00；下午 13:30-17:00
讀者服務信箱E-mail／service@readingclub.com.tw
劃撥帳號＝19863813
戶名＝書蟲股份有限公司
香港發行所＝城邦（香港）出版集團有限公司
香港灣仔駱克道193號號1樓東超商業中心
電話：(852) 2508-6231　傳眞：(852) 2578-9337
E-mail／hkcite@biznetvigator.com
馬新發行所＝城邦（馬新）出版集團
Cite (M) Sdn Bhd
41, Jalan Radin Anum, Bandar Baru Sri Petaling,
57000 Kuala Lumpur, Malaysia.
Tel: (603) 90578822　Fax:(603) 90576622
email:cite@cite.com.my

封面設計＝萬亞雰
排版＝游淑萍
印刷＝中原造像股份有限公司

□2007年1月初版
□2023年9月1日二版二刷
售價／300 元
Printed in Taiwan

國家圖書館出版品預行編目資料

天帝妖狐／乙一著；王華懋譯. -- 二版. -- 台北市：獨步文化出版：家庭傳媒城邦分公司發行，民 107
面；　公分. --（乙一作品集；2）
譯自：天帝妖狐
ISBN 978-986-96952-2-0（平裝）

861.57　　107017148

　ISBN 978-986-96952-2-0